うらら

大谷ます子

めるくまーる

うらら

大谷ます子

目次

夜の波音……7
伊予灘《いよなだ》の春……11
いっくんさん……14
赤いトランク……19
糊《のり》つけ干《ほ》ーせ……21
山の小さい家……28
正月間近……32
はがため……36
雪のころ……48

豆撒《ま》き……56
ほうしこ……60
みじかい春……68
菖蒲湯《しょうぶゆ》……72
やまんば……77
赤い川蝦《かわえび》……86
笹　舟……89
柳の木の虫……91
蛍……94
七折峠《ななおれとうげ》の地蔵祭り……98
鼠《ねずみ》の刺身……103
松茸《まつたけ》山……108

秋の終わり（分市《ぶいち》）……115
お亥《い》の子さん……119
山の道……127
一里松……136
げんげの花……148
モミジ　アカイ……156
むささび……165
矢野先生……175
でこまわし……185
うらら……195
あとがき／205

夜の波音

日が傾いて、家の中は薄暗くなってきた。通りに面して障子《しょうじ》が入っている板の間《ま》で、祖母はまだ、障子明かりを頼りに手機《てばた》で絣《かすり》を織っている。カラン、トントン、カラン、トントンと、杼《ひ》と筬《おさ》の音がやすみなくひびく。祖母は時々、織りかけの絣に顔を近づけて、柄《がら》の工合《ぐあい》をみる。あやはほとんど一日中、祖母の機《はた》の横で近所の幼い子らと、姉様人形を寝かせたり起こしたり、歩かせたりして遊ぶ。人形に飽きると、桃色の大きなゴム毬《まり》を転がして遊んだ。

日がすっかり落ちて、遊び友だちも帰ってしまうと、あやは、まだ機を織っている祖母の腰のあたりへ、自分の肩を何度もこすりつける。

大正十二年の暮れもおしつまったころで、あやは二歳に少し間《ま》があった。あやの、着物と対《つい》のメリンスの綿入れ羽織の大きな花柄が、暗がりの中で淡い色に動く。

「日が短いなあ。ほんなら、おいはん（夕飯）にしよかなあ」

祖母は首を後ろへそらして背伸びをし、拳《こぶし》で自分の胴を二つ、三つ叩いてから、薄い腰板をことんとはずして機からおりた。

天井から、裸電球が一個ぶらさがっているがらんどうの広い台所は、あちこちする祖母の下駄の音と、俎《まないた》の上で何かを刻む音とで賑《にぎ》やかになった。あやは、祖母の前垂《まえだ》れの端をつかみ、よたよたとした足どりで祖母にまといつく。

上がり框《がまち》へ腰をおろした祖母が、両手を後ろへ伸ばしてせかすと、あやはその背へとびついておぶさる。暗い外に出ると、雲の間から月が半分出ていた。あやは、祖母が歩く調子に合わせて体を揺すった。煙草屋、駄菓子屋、竹輪《ちくわ》屋、木屋《きや》などの裏通りの店は、おおかた戸じまいをして、ひっそりとしていた。屋並みひとつ隔てた裏の海の波音が、長く尾を引いて聞こえる。角《かど》を二つ曲がると、そこだけ道路へ明るさがはみ出している銭湯《せんとう》の、風にひらついている長い暖簾《のれん》が見えてきた。

入口の戸を押して入ると、なまぬくい。ガラス戸越しの湯殿《ゆどの》の中に、裸の人影が動いている。祖母は懐《ふところ》から出した二つの蜜柑《みかん》をあやの両手に握らせておいて、自分が先に素早く裸になる。

赤い別珍《べっちん》の足袋は穿《は》かせたままのあやの手を引いて、少しきしむガラス戸を開《あ》けて湯殿に入る。滑りそうなタイルの上を、あやは足指に力を入れて歩く。

両足を投げ出して座らせたあやの肩先から、祖母は湯桶《ゆおけ》に汲んだ湯を二、三杯、勢いよく浴びせる。あやは顎《あご》をつき出し、口をすぼめて、蜜柑を持ったまま、両手をあげている。

祖母は自分も二、三杯の湯をかぶると、急いで先に湯舟に入る。そして、湯舟の中から両手をさし出し、あやの両脇を支えて湯に入れる。あやの小さい足指は、寒くなると霜焼けがただれてきて、それが足袋《たび》にくっついたままで乾き、離れなくなってしまう。痛がって足袋を脱がないあやを、祖母はしかたなく足袋を穿かせたままで湯に入れる。湯が浸《し》みてくると、足袋は難なく足から抜ける。

祖母はあやの足先から上へと、赤味がさすまでへちまでこすって洗う。その祖母の手を払いのけながら、あやは、湯桶の湯の上にひろげたタオルをぎゅっとつかんでは、タオルの坊主をこしらえて遊ぶ。湯舟から首を出してつかっている女の人たちの間を、あやの蜜柑が二つ、くっついたり離れたりして浮かんでいる。

銭湯を出ると、月が少し高くなっていた。あやは祖母の背で、来るときのように体を揺すって調子をとった。二人が重なって一つになった影が、同じ調子をとってついてくる。波の音が、来るときよりも近くに聞こえる。

指が赤剥《む》けになっている霜焼けの両足を、畳の上へ投げ出して、あやは、ほのぬくくなっている蜜柑の皮をむく。祖母はいつものように、簞笥《たんす》の小引き出しから、小さいガラスの薬瓶《びん》を出してくる。その瓶のコルクの栓《せん》を抜くときは、玩具《おもちゃ》の空気銃を打ったときのような、ぽんという小さい音がする。祖母はあやの足指の上へかがみこんで、瓶の口を霜焼けの上へそっと傾ける。瓶の尻を指先で軽くはたくと、ただれた霜焼けの上へ黄色い粉薬が薄くふりかかり、きな臭い匂いがつんと鼻をつく。

あやがほおばっている蜜柑の甘酸《あまず》っぱい香りがひろがって、そのうちに、薬の匂いは消えてしまう。祖父はまだ帰っていなかった。

伊予灘《いよなだ》の春

まだ明けきらない春先の伊予灘《いよなだ》の海は、ゆるやかな波が、波打ち際に透きとおるレース模様をひろげていた。人影が一つ、二つ遠くに見える。釣り道具の箱と釣り竿《ざお》を両手にさげた祖父のあとから、あやは、水っぽい砂に足をとられながらついていく。島々が粉をまぶした色にかすみ、左手の松林ごしに見えかくれしている幾艘《いくそう》かの船から細い煙がのぼっている。

祖父は、砂浜にあげてあった伝馬船《てんません》を、丸太の転《ころ》にのせて、波打ち際までひきずってきた。砂を踏む足音が後ろから近づいてくる。祖母が弁当を持ってきたのだ。

祖母の手にすがりついているあやのほうへ祖父が、

「さあ、あや、おいで」

と両手をさし出す。あやの体を軽々と支えて船にのせた。あやは急いで腰を落として船べりをつかむ。祖父が船を海のほうへ押すと、砂をずる音が船底から伝わってくる。ひとまたぎで祖父が船に飛び移ったとき、船は大きくぐらついて波にのっていた。祖母が小さく手を振って何か言っている。いつものように、

「あや、蝦《えび》を仰山《ぎょうさん》食べるんじゃないぞな」

と言っているのだろう。

あやは、船の上で退屈になってくると、いつも船の生簀《いけす》をのぞきこみ、そこに放してある餌《えさ》用の小蝦を玉網ですくいとって、器用に殻を剥《む》いて続けざまに何匹も食べる。祖父はよく釣り仲間に、

「あやを連れていくと、蝦を仰山喰われるけんのう。魚が喰うより、あやに喰われるほうが多いんじゃやけん」

と笑って話していた。

蝦は、つまんでいる指先で、ばね仕掛けのように跳ねる。殻を剥くと半透明な肉の中に黒ずんだ筋が一本透けて見える。あやはそれを丸ごと口へ放りこむ。弾力のある柔らかい舌ざわりのあとに、海水の塩気に立ったほのかな甘みが口の中にひろがる。そして、ほんの少し生臭《なまぐさ》さが残る。

小さい尻を逆さにして生簀をのぞきこんでいるあやを、祖父は櫓《ろ》をこぎながら、麦藁《むぎわら》帽子のひさしの陰から時々見ている。祖父は、えらの張ったてびらや、きれいな色の縞《しま》模様の魚をよく釣る。時には、蛸《たこ》も釣った。蛸は油断していると、見えにくい隅の船板の陰にへばりついていたりする。

いつか日が昇りきって、むせるような濃い潮の香を含んだ風が、波を大きくうねらせる。釣りに出るときは、たいていあやを連れていっていた祖父が、ある時から連れていかなくなった。それは、祖父が釣りに気をとられて、ちょっと目を離したすきに、あやが船べりにまたがって海へ降りようとしていたことがあってからだった。

いっくんさん

桃色と緑色の横だんだら模様の海水着を祖母に着せてもらったあやは、祖父のあとを追って跣《はだし》で浜へ出る。祖父はいつも、白や水色のペンキ臭い貸しボートが並べてある葦簀《よしず》張りの小屋へ入っていく。夏の間、祖父の次兄の豊《とよ》おじがやっている貸しボートの世話をしていた。

あやは、大勢の海水浴の人が群れている波打ち際のほうへは行かないで、足裏に熱い砂を踏んで、海べりの豊おじの家へ急ぐ。湿った細道のつき当たりに、豊おじの家の裏木戸がある。植え込みのある庭の縁側に、砂だらけの長い足をぶらさげて、若い男の子たちが四、五人、仰向《あおむ》けに並んで寝ている。海水パンツも砂にまみれて、泳ぎ疲れたふうで身動きもしない。飲み物や、かき氷などを商《あきな》っている豊おじのおかみさんの、使用人を呼んだり、電話の応対をしているかすれ声が、表のほうから聞こえる。あやは、暗くてひんやりとしている茶の間へ廻り、そこから二階へ続いている階段を、一段ずつ這《は》うようにしてあがりはじめた。二階から豊おじの話し声が聞こえる。

「誰だえ、あやかえ」

と豊おじの声。階段の一番上まであがったあやは、そこに腰をおろしてじっとしている。籐《とう》の寝台に横になっている人を、椅子に腰をかけて療治をしていた豊おじが、

「あや、落ちるんじゃないぞえ」

と言って、目の見えない蒼《あお》白い横顔をあやのほうへ向けた。高い鼻すじや、薄桃色のしまった唇の形が祖父によく似ている。豊おじは療治を受けている人とまた話しはじめた。

あやはそっと踊り場へあがる。戸を開け放した部屋を海からの風が抜け、部屋の界《さかい》ごとに吊《つ》るしてある簾《すだれ》が絶えまなしに大きく跳ねている。海に面した廊下の手摺《てすり》にあごをのせて、大勢の裸の人が動いているまぶしい浜辺を見おろす。わめいたり叫んだりしている人声が波の音にのまれて、うなっているように聞こえる。

療治を終わった豊おじが、

「あや、下へ行くぞえ」

と言いながら、先に階段を降りはじめる。

途中、ちょっと振り返って、

「滑るなよ」

と言う。あやは、一段ごとにごつん、ごつんと尻をおろして豊おじについて降りた。

豊おじは客間の箪笥《たんす》の前へ、角帯《かくおび》の背をあやに見せてきちんと座り、箪笥の下のほうの金具の鍵穴へ手さぐりで鍵をさしこみ、両開きの小さい扉の奥へ療治の金をしまった。向きなおった豊おじは、

「あや、いっくんかえ」

と言って、反《そ》った人差指と親指に挾《はさ》んだ一銭銅貨を、あやの重ねた両手をまさぐって握らせる。

「危ないとこへ行くんじゃないぞえ」

ちょっと手さぐって、おかっぱ頭を撫《な》でる。豊おじには子どもがない。

こうして、毎日のように豊おじから一銭玉や、五銭白《はく》銅貨を貰った。あやはまだ一銭のせんがよく言えない。一銭を、いっくん、いっくんと言っていた。駄菓子屋のおばさんは、あやが祖母に連れられていくと、いつも、

「いっくんさん、きょうは何をあげよかな」

と言って、細い目をいっそう細くする。


暑かった日中の太陽が沈み、星数がだんだん多く見えはじめるころになると、夕飯をすませた裏通りの人たちは、めいめいに団扇《うちわ》を持って、ぼつぼつと通りへ出てくる。空を見上げて明日の天気の工合《ぐあい》を話したり、縁台に腰かけて世間話をしながら夕涼みをする。

夏も終わりに近いころのある晩、祖母はあやを連れて通りへ出、近所の人たちの話の仲間に入っていた。

「大谷へ行っても、また、ちょいちょい遊びにおいでえな」

「近いんじゃけん、町へ出たときゃ、必ず寄ってな」

「祭りにゃ、みんなでおいでえな」

髪がちぢれている煙草屋のおばさん、竹輪《ちくわ》屋のおじさん、一軒おいて隣の酒屋のおばさんなどが傍《そば》へ寄ってきて口々に言うのへ、祖母は、

「ええ、ええ、おおけに。また寄せてもらいますけん。あんたらもまた、山へ茸狩《たけが》りに来

てつかあさい」

と腰をかがめて挨拶をしている。

「いっくんさん、山へ行くと電気がないけんな、おとろしいゆうれん（幽霊）が仰山《ぎょうさん》出るんぞな。わあ、おとろしや」

と誰かがおどけた格好で祖母の後ろへかくれたので、みんなが笑った。

その晩、家々も戸じまいをしたころ、女の人が来た。その人は挨拶もしないで、黒っぽい着物の裾《すそ》をひるがえす勢いで、奥の茶の間までずんずん入ってきた。長火鉢《ながひばち》の横で巻煙草をすっているその女の人を、あやは表の間《ま》の蒲団《ふとん》の中から薄目をあけて見たが、知らない人だった。あやはすぐ寝入った。

赤いトランク

稲田に挾《はさ》まれた細い草道を、祖父はあやをおぶって大股《おおまた》に歩いていた。祖父の背に顔をくっつけていると、祖父が着ているま新しいどんざ（仕事着）の藍《あい》が夜気《やき》の中にうっすらと匂う。後ろから祖母の濡れているような草履《ぞうり》の足音がついてくる。月明かりに稲田が遠くまで見とおせた。稲の葉ずれの音がさわさわと足もとによせてくる。

「おっつけ白《しら》むじゃろ」

「白みかけには着くじゃろなあ」

祖父と祖母は、それだけ言うとまた黙って歩いた。

三方を山に囲まれた谷間《たにあい》にある祖父の長兄の長《ちょう》おじの家に着いたときは、山の端の空の一角がぼうっと白みかけていた。

長おじの家は川ぶちの崖《がけ》を利用して三階建てになっていた。あやたちは、川に沿った一番下の階の入口にある薄暗い一室に落ちついた。町から来るときに誰かに貰《もら》った赤いトランクを取り出して、あやはひとりで遊んだ。その小さいトランクには、本物そっくりの金色の止め金がついている。蓋《ふた》を開《あ》けると、真ん中に男の子と女の子の人形が、二つ並べて寝かせてある。男の子は青い月代《さかやき》に小さい髷《たぶさ》、女の子は赤い鹿《か》の子《こ》の手絡《てがら》の稚児髷《ちごまげ》。二つの人形は銀杏形《ぎんなんがた》の大きな目を開いている。人形の両側には、替え衣裳の絵模様の縮《ちぢ》み紙が、本物の反物《たんもの》のように巻かれて、ぎっしりと詰めてある。蓋の裏側に虹のように斜めにはりつけてある色とりどりのテープは帯にするのだろう。

そのトランクは、あやたちが町から山へ来る幾日か前の晩に、勢いよく駆けこんできた女の人が持ってきて、その晩のうちに手早く人形に着物を着せて帰ったのかもしれない。男の子は緑色の着物に黒い帯、女の子は桃色地に小花模様の着物。帯は金色である。

格子《こうし》の入った小さい窓から手が届きそうな近くに川の流れが見える部屋の中を、あやは赤いトランクをぶらさげて歩きまわった。

糊《のり》つけ干《ほ》ーせ

すうちゃん、しげやん、あやの三人の幼い女の子は、積み重ねた藁束《わらたば》のてっぺんにのぼって、ぴょん、ぴょんと飛び跳ねる。跳ねあがるたびに藁束の山が上下に揺れて、はずんだ体が藁束の山の間へもぐり落ちていく。繰り返すうちに、ちゃんちゃんこも、おかっぱ髪も、耳の穴までも藁屑《わらくず》にまみれてしまう。藁束の山から抜け出た三人は、次は、立ててある藁束の間を縫って、かくれんぼをはじめる。鬼になった子は、藁の穂先のかすかな動きを目当てに、そっと近づいていって、藁の上からおっかぶさるように勢いよく飛びこんでいく。不意をつかれた二人は、まわりの藁束をやたらに蹴散らして笑い転げる。鬼も一緒になって藁屑にむせて咳きこみながら、なお、笑いほうける。首すじや、背中の奥のほうまで入った藁屑が肌を刺して痛がゆい。

西の山に日が入りかけて風がやんでくると、大人たちは、稲こぎをしたあとに散らかっている藁屑を、たんぼの中ほどへ熊手で掻き集めて火をつける。勢いよく燃える藁の下には、必ずいくつかのりゅうき芋《いも》（さつま芋）が埋めてあることを知っている子どもらは、何をしていてもやめて、火のまわりへ転がるように駆けてくる。そして、めいめい、竹や棒切れで、燃え退く藁屑を炎の中へつつき入れながら、焼けた芋を探す。真っ先に、細竹の先に大きな芋をつつき当てた春坊は、芋をつきさした竹を高くかざして、何かおらびながら畦道《あぜみち》を走っていく。ほかの子どもらは、炎の沈みかけた火の山を、いっそう気忙《きぜわ》しくつつく。

山陰に深く日が落ちてしまうと、まわりの山々が黒々とおおいかぶさってくる。長おじの家の台所と茶の間は、一階のあやたちの部屋から、細長い湿った土間を通り抜けたつき当たりにある。

台所の入口に据《す》えてある大きな水甕《みずがめ》に、山の崖《がけ》から引いた筧《かけい》の水が、いつも小さい音をたてて溢れている。茶の間の北側の大きなガラス窓の真下からは、谷川のほうまで続いている孟宗竹《もうそうだけ》の藪《やぶ》が、昼も夜も葉をすり合わせて鳴っていた。祖父、祖母、あやの三人は、長おじの家族と一緒にその茶の間で食事をした。

長おじ夫婦、その息子と娘、長おじのおかみさんの甥《おい》と姪《めい》。賑《にぎ》やかな食事が終わっても、箱膳《はこぜん》を前にしたままで、すぐには誰も腰をあげない。天井からぶらさげてある大きな石油ランプが、隙間風に少し揺れている。大人たちは口々に思い思いのことをしゃべりながら、茶を飲んだり、煙草をすいつけたり、漬物を食べなおしたりしている。と、そのうちに、春坊ときい坊が藁草履《わらぞうり》の音をばたつかせて走ってくる。春坊ときい坊は小学二年生。二人は、夕飯のあとで始まる長おじのお伽話《とぎばなし》が聞きたくて、急いで来るのだった。

唐辛子《とうがらし》色に揺らいでいるランプの炎ごしに、あやは長おじのほうを何度ものぞく。長おじが何服目かの煙草を、頬をくぼめてうまそうにすい終え、煙管《きせる》の雁首《がんくび》を長火鉢《ながひばち》の角へとんとんと打ちつけているころ合いに、あやは、まだはっきりとは言えない口振りで、

「猿のつべ赤いこ、赤いこ」

と長おじに話をせがみはじめる。長おじの話はどれでも最後に、

「猿のつべ、赤いこ」

と言って終わるから、みんなは長おじのお伽話を、「猿のつべ、赤いこ」と言った。化け蜘蛛《ぐも》、山姥《やまんば》、猿の嫁とり話など、長おじは同じ話を何度も繰り返したが、子どもらは飽きなかった。

町から越してくるとき、近所の人たちが、

「山には仰山《ぎょうさん》こと、ゆうれん（幽霊）がおるんぞな」

と言ってからかったが、あやは日が暮れるとそのことを思い出して、けっしてランプの傍を離れなかった。茶の間から暗い土間を通り抜けて、部屋へ戻るとき、あやは祖母の背にしがみついて、固く目を閉じていた。

隙間風に今にも吹き消されそうな小さい石油ランプの灯を頼りに、祖母が寝床を敷いていると、きい坊、春坊、長おじの甥と姪が、パッチン（めんこ）でふくらんでいる懐《ふところ》を押さえて、茶の間からやってくる。みんなは蒲団《ふとん》の中へ重なるようにもぐって腹這《はらば》いになり、パッチン遊びをはじめる。

積み重ねてあるパッチンを上から一枚ずつめくって、その絵と親が張った絵と比べては、お互いに取りっこをする。夢中になってくると、体を蒲団からおおかたはみ出させて、やたらに手を出し合うから、畳の上へじかに置いてある小さい徳用ランプが、たびたびひっくり返りそうになる。あやは蒲団の中から首を出して、取ったり取られたりするパッチンを目で追っている。一瞬、みんなが黙っているとき、裏の山から梟《ふくろう》の鳴き声が聞こえる。

「糊《のり》つけ干《ほ》ーせじゃと。こりゃあ、あしたもええ天気じゃわい」

あやと一つ寝床に入っている祖母が、上を向いたままで独り言を言う。ランプの石油が残り少なくなってきたのか、炎が細くなり今にもちぎれそうに揺らぐ。祖父は長おじたちと話しこんでいるのか、まだ帰ってこない。

家に沿って流れている谷川の、そこだけ石組みをして浅くなっている洗い場で、みんなは朝、顔を洗う。向かい側の山を映した水が青い。平たい大きな台石にのってしゃがみこみ、水の底をのぞくと、川底の泥の色に似た甲羅《こうら》の川蟹《かわがに》が、のそっと動いて素早く台石の下へもぐりこむ。長おじの家では、そこでよく飯釜《めしがま》を洗うから、蟹は、川底に沈んでいるふやけた飯粒をあさりに来るのだろう。葦《あし》が茂っている横手の深みに、細身の鮠《はや》が群れている。

洗い場から家へ戻る途中の崖下に、藁葺《わらぶ》き屋根の小屋がある。その中に、大きな甕《かめ》に二枚の板を渡しただけの便所がある。あやは一度その便所甕へ落ちた。甕はおおかた丸出しで土の上に据えてあったから、その上に渡してある板の上へあがるのは、大人でもおぼつかない。あやはそのとき、柱につかまって板の端を踏んだが、とたんに板が傾いて下半身、甕の中へつかった。

上の畑にいた祖母と長おじのおかみさんが、泣き声を聞きつけて走ってきた。二人はあやの肩と足を両方からつかんで川へ急ぎ、着物を着たままのあやを、川の深みへどぼんとつけた。手早く裸にして汚物《おぶつ》を洗い流したが、そのあとすぐ、便所甕の前には、新しい切り口の大きな丸太の切り株が据えられた。

蜜柑《みかん》山の蜜柑もすっかり取り入れてしまい、山裾《やますそ》の色合いは単調になってきた。栗の木山に点々と茂っている橙《だいだい》の実だけが、鮮やかな色を見せている。あやたち女の子は春坊と きい坊の後ろから、あとになり先になりして、大息をつきながら這うような格好で、栗の木山を登っていく。草履からはみ出ている素足の裏に枯れた栗の毬《いが》が刺さる。栗の木の間の杉木立の中に、苔をかぶったいくつかの低い墓石が、草や枯れ葉におおかた埋もれて、立っていた。

橙の木はそばへ来て見上げると、空が見えないくらいに深々と枝葉をひろげて茂っていた。春坊らは、もぎとった橙を、

「ほい、ほうい」

と言って、枝の上からあやたちのほうへ投げる。橙と一緒に転がりながら、女の子たちは橙を追いかける。木の上の二人は、あちこちと枝を渡っていて降りてこない。

あやは、枯れ葉の上に腰をおろして、足を投げ出す。ほてった頬に橙の肌が冷たい。橙はまだ酸っぱくて、鼻の頭にすぐ汗が吹き出てくる。青く高い空の先の伊予灘《いよなだ》の海が、栗の裸木ごしに乳色にかすんでいた。

山の小さい家

　長おじの家の細長い鶏舎《けいしゃ》の横から、段々畑をあがりきった高みに、里から奥の山の村へ通じている道がある。その道に沿った栗の木山の裾《すそ》へ、あやたちの新しい、こぢんまりとした家ができ上がったのは、正月も間近いころだった。

　広い部屋と二つの狭い部屋、その三つの部屋を合わせたよりも広い土間。土間は踏み固めた土が黒くて少し湿っぽい。あやたち三人の女の子は、まだでこぼこしている土間に筵《むしろ》を敷いて、ままごと遊びをはじめる。

　土間と広い部屋の道の側は全部ガラス戸だったから、長おじの家の暗がりから越してきたときは、明るくてまぶしかった。裏戸を開けた所は、栗の木山を削った崖《がけ》へ庇《ひさし》をかけ出した台所になっている。木製の流し台の横に、長おじの家の台所にあったのと同じような黒い大きな水甕《みずがめ》が据《す》えてあって、山の水が筧《かけい》を伝って流れこんでいた。

「山の水は、みいんな乳の色をしとるんぞな。山の水は薬じゃけんな、生《なま》で飲んだら体にええけん、せえだしてお飲みな。ほれに、冬はぬくうて、夏は冷たいけんなあ」

と言いながら、祖母が筧から竹柄杓《たけびしゃく》にすくってくれた水は、少し甘くてうまい。あやは日に何度も、少し背伸びをして、筧から柄杓に乳色の水を受けて飲んだ。

南天《なんてん》や小菊が植えてある小庭を横切って行く便所は、物置きと一棟《ひとむね》になっている。便所の内側の壁や床に張ってある新しい板が匂う。大きなガラス窓から日が射して、子どもなら三、四人は寝そべることができそうに広くて、ままごとをしたくなる。

広い部屋に据《す》えてある、ぎょうせん色（飴色《あめ》）に光っている大箪笥《おおだんす》には、大きな花型の頑丈《がんじょう》な金具がはりついている。その古箪笥は長着物を折らないでそのまましまえるのが自慢で、祖母は不便な思いをしても、引っ越しのたびに運び歩いてきたのだと、話していた。祖母はよく、小さい油布で箪笥の表へ顔を映すようにして、その木肌を拭いた。あやは時時、その箪笥の前へ座って、木目《もくめ》の中に映っている自分の姿を首をかしげてながめた。

奥の茶の間は少し暗い。そこに据わっている茶箪笥も、祖母は大箪笥と一緒に持ち歩いてきたのだそうだ。欅《けやき》の一枚張りになっている引き戸や袋戸棚。ガラスの面に山水《さんすい》の風景が細かく磨《す》り出してある。誰かに、

「こりゃあ、珍しい茶ぼん戸棚じゃなあ」

などと言われると、祖母は、

「九州から持ってもんたんは、箪笥とこの茶ぼん戸棚ぐらいのもんじゃけんなあ。おじいさんが道具好きで、仰山《ぎょうさん》ことあったんじゃけんど、みいんな九州へ置いてきてしもたけん。この戸棚でも、その時分の米五、六俵《ぴょう》分はしたんぞな」

と言って、拭きこんである茶箪笥の桟《さん》を指で撫《な》でる。ガラスの一枚のほうの磨り絵は、海に幾艘《いくそう》かの船が浮かび、その向こうに点々と散っている島に、綿のような雲がかかっている。あやは食事のときには、いつもその磨り絵が見えるほうに座った。磨り絵の海は広い。


引っ越してきてから十日くらいたった日の朝方、大きな機織《はたお》りの機械機《きかいばた》が荷馬車で運ばれてきた。機は、ほかの男の人たちも手伝って、土間の窓際へ据えられた。いかつい機が据わると、土間が狭く見えた。

祖母は、まだ油臭い新しい機にすぐに慣れたふうで、わずかな隙も惜しんで機にのって伊予絣《いよがすり》を織った。海辺の家でチャリン、チャリンと杼《ひ》の音を小さく鳴らしていた手機《てばた》にくらべて、機械機は、ガチャガチャ、ガッチャン、ガッチャンと地が動くような音をたて続けに響かせるから、話し声もよく聞きとれない。

祖母はよく、品評会に出す絣《かすり》を織った。祖母が織った絣の着物を着ていると、

「あんばいよう、ええ柄《がら》に織ってあるなあ。あやちゃん、このつぎ（布）を貰《もろ》てきてえな」

などと言われて、大人からも羨《うらや》ましがられた。祖母が織る絣は柄が新しくて、面白かったのだろう。

高い機の端に、ちょこんと前かがみにのっかり、結んだ口を少しとがらせて絣を織っている祖母の後ろ姿が、窓から射す西日の中で、急に小さくなったように見えた。

正月間近

正月も、あとわずかな日に近づいていていた。祖父は、土間へ敷いた荒筵《あらむしろ》の上へ胡坐《あぐら》をかいて、きれいにすぐった藁《わら》で細い縄、太い縄をしゃり、しゃりと音をたてて綯《な》っている。そして、見ているうちにその縄の間から次々と藁の脚が出てきて、あやの手首より太い注連《しめ》縄《なわ》や、しゃもじ形の小さい正月飾りがいくつもでき上がっていく。横で、祖母がそれらに裏白《うらじろ》の羊歯《しだ》と柚子《ゆず》を結びつける。あやはしゃがみこんで柚子を転がしたり、頭へ大きな羊歯をのせたりして遊んだ。羊歯は青臭く、柚子は香りが強い。

「これは豊《とよ》兄さんとこの分、これは長《ちょう》兄さんとこの、これはかいしゃんとこの」

などと言いながら、祖母はでき上がったお飾りを筵の上へ分けて並べる。

「正月飾りだけは、どうも、ひとが作ったたんは気に喰わんけんのう」

と祖父はでき上がっているお飾りをまた手にとって、目立たないほどに出ている藁のけ、ばを、なおも丹念にむしりとる。それを前のほうへつき出して、くるくると廻して眺めて

郵便はがき

料金受取人払郵便

豊島局承認

5658

差出有効期間
平成21年5月
15日まで

171-8790

東京都豊島区
南池袋1丁目9番10号

めるくまーる行

通信欄

お買い求めの動機・ご意見・ご感想などお寄せください。

E-mail:info@merkmal.biz
URL:http://www.merkmal.biz/

読者カード

・このカードを返送された方には，新刊のご案内を郵送させていただきます。

お求めいただいた書籍タイトル

ご購入書店は

・必要事項をご記入のうえ、切手を貼らずに投函して下さい。
・お近くに書店のない場合には直送もいたします。（冊子小包／送料実費）
・ご記入いただいた個人情報は、ご注文の書籍や新刊情報の送付など、
　正当な目的のためにのみ使用いたします。

（ふりがな） お名前　　　　　　　様	〒
ご住所　　　　都・道・府・県　　　　市・区・郡	
電話　　　－（　　　）－　　★連絡のため忘れず記載して下さい。	
E-mail	

書店様へお願い　上記のお客様のご注文によるものです。着荷次第、お客様宛にご連絡下さいますようお願い申し上げます。

めるくまーる購入申込書（書店・直送）

書名	定価	部数
書名	定価	部数

ご指定書店名	取次
地名	＊ここは小社で記入します

いる祖父の格好を真似て、あやも小さいお飾りを前へつき出して、首を左右にかしげて見る。

胡坐の上へひろげていた厚い藍木綿《あいもめん》の前垂《まえだ》れのくぼみへ溜まっていた藁屑《わらくず》を、前垂れの端をつまみあげて、ぽんとはたいて立ち上がると、祖父のお飾り作りは終わりになる。

午後になると、祖父は裏山へ入って、背の高い雄松《お》と雌松《め》を切ってきた。その松に笹竹と梅の枝を添えて、そのまわりを二十本くらいの割り木で囲い、家の門口に立て、上下を棕梠縄《しゅろなわ》で固く縛る。あやは、その、自分の背丈の倍よりも高そうな門松《かどまつ》の下に立って、松の枝の間から空を透《す》かして見た。空は明るく晴れていた。

川ぶちに茂っている、まだ芽の堅い川柳《かわやなぎ》の、ごつごつとした太い枝を四、五本切ってきた祖母は、それを大黒柱の上のほうへ、棕梠縄でぎりぎりと縛りつけた。

桜紙《さくらがみ》を重ねて一つ一つ丁寧に包んである手毬《てまり》を、祖母は紙箱からそっと取り出して、畳の上へ並べていく。手毬は、あやのひと抱えよりも大きいのや、お手玉くらいに小さいのもある。祖母の向かい側に座って、あやは小さい手毬をえらんで桜紙をはがす。

手毬は、赤、黄、緑、紫などの絹糸が縦横、斜めにリボンをはりつけたように巻きつけられ、その上から黄金《こがね》色の細い絹糸が網目模様に全体にかがりつけてある。

祖母は箱台にのって、最初に一番大きな手毬を柳の太い根っこのほうへ吊《つ》った。宙に浮いた手毬は、手毬自身の重みでゆっくりと廻っている。あやはその下につっ立って仰向《あおむ》いたまま、手毬に気をとられていた。

「この手毬をかがるときは、お炊事なんかした手じゃあ、かがれんそうな。指先がちいとでもかさついとったら、絹糸はひっかかってしまうけんなあ。あき江も、こういうことは特別器用に生まれついとるんじゃけんど」

祖母は独り言を言って、あちら、こちらの枝へ次々と手毬を吊っていく。大きな手毬から小さい手毬へと、細い枝へも吊っていくうちに、手毬の重みでどの枝も次第にしなだれてくる。

手毬を吊り終わると次は、手毬の間へ赤、緑、金色の小さい玉を吊る。薄いガラスでできているのか、あやが息を吹きかけても転がる軽い玉は、吊り糸の先でよく揺れて光る。台にのっている祖母に、あやは下から玉を一つずつ手渡す。紫や赤の地に金粉を散らした短冊《たんざく》も、手毬の隙間でひらり、ひらりとひるがえっている。

「これで、小枝に小餅《こもち》と軽焼《かるや》きをつけりゃ、でけ上がりぞな」

台から降りた祖母は、うっすらと汗ばんだ額を手の甲でこする。そして、少し後ろへさがって全体の吊り工合《ぐあい》を見ている。

「こやって手毬を吊ると、ほんとに正月が来たような気がするなあ」

とほっとひと息ついた顔の祖母が、あやの頭を撫《な》でる。

外で遊んでいても、急に思い出して家へ駆けて帰り、顎《あご》をつき出して手毬を見上げる。薄暗い天井のそのあたりだけは、ぱっと明るく賑《にぎ》やかで、大きな手毬の華やかさは、とりわけあやをひきつける。

小さい手毬と光る玉がゆらり、ゆらりと揺れあい、短冊がひらひらと舞う。あやはその下で、買ってもらったばかりの新しい赤い花柄のゴム毬を、勢いよくついて遊んだ。

はがため

枯れ井戸のふちの石崖《がけ》の間や、畑の隅の凍《い》て土に、幼い葉を重ねてかじりついているなずなを、祖母は竹箆《たけべら》で根っこからこそげとっては竹籠に入れる。あやは、祖母の体にくっついてしゃがみこみ、なずなを引き抜こうとするが、短い葉はちぎれるばかりで、黒い土が餡《あん》このように指先にくっつく。

なずなの緑が浮いている塩味の七草粥《ななくさがゆ》は、口に含むとふんわりとして溶けるけれど、匂いはない。

正月の月半ばを過ぎたころ、ぱらぱらと降ってきた小粒の霰雪《あられ》が、風の当たらない日陰の枯れ草の上に、薄く溜まっていたりする。祖父と祖母は、大寒《だいかん》に入ると待ちかねていたようにすぐに寒餅搗《かんもちつ》きの用意をする。

土間へ四、五枚の筵《むしろ》を少しずつ端を重ねてひろげ、その上へ祖母が、桟俵《さんだわら》をはずした米俵の尻を傾けて、ざらざらと餅米を移し出す。俵の底や横腹を何度か叩いて米を出しきる

と、祖母は、筵の上へ両膝をついて米を平らにならす。ならしながら、二粒三粒を拾って、前歯でほつほつと噛んでみる。そして、

「ふうん、ことしも、ええ餅米じゃわい」

とうなずいている。

「お米のまわりを、そげに跳んだらいかんぞな。お餅に石が入ったら、取れんけん」

祖母に何度言われても、あやは筵のまわりでけんけん跳びをしたり、生米《なまごめ》をつまんで口へ入れたりした。海辺にいたとき、豊《とよ》おじの家で、大勢の若い男の人も来て、賑《にぎ》やかだった餅搗きのようすを、あやはおぼろげに覚えている。

家中の桶《おけ》やバケツ、水甕《みずがめ》などを土間に並べて水を張り、餅米が浸してある。

その日は、山の片側に日射しが残っているうちに、かついだ鉞《まさかり》の柄《え》の先に空《から》の弁当包みをくくりつけて、祖父が山仕事から帰ってきた。そのころ合いに、餅搗きを手伝ってくれる長おじの息子の大《だい》さんもやってきた。

祖母はその時分にはもう、くど（かまど）にかけた大釜の下へ割り木を次々と押しこんで燃やし、湯をたぎらせて待っていた。

祖父は頬かむりの手拭いを取り、どんざを脱いで、洗い桶の湯で顔と手を洗った。あやは、長火鉢《ながひばち》のまわりをぐるぐるといざって、餅搗きがはじまるのを待ちかねている。

上がり框《がまち》へ腰をおろした祖父は、祖母がさしだした冷たいコップ酒をひと息に呑むと、さっと立ちあがった。

「さあ、あや、餅搗きがはじまるぞえ」

と手拭いをくるりとひとねじりして鉢巻《はちま》きをしながら、祖父は目を細めてあやを見た。

あやは、上がり框から今にも落ちそうな格好に、体をのりだしている。

祖母が、顔にかかる熱い湯気をよけながら、両手に蒸籠《せいろう》をささげて台所から小走りしてくる。その蒸籠を素早く木臼《うす》の中へ逆さに伏せて、底のしゃな（簀《す》）をはがすと、臼の中に、四角な蒸籠の形のままの真っ白い蒸《む》し米が、湯気をたてて現われる。そして、まわりに甘い匂いがひろがる。

杵《きね》を持って待ちかまえていた祖父は、臼の横に置いてある桶の手足水《てあしみず》で素早く杵の先を濡らし、小搗《こづ》きをはじめる。片方の肩をいからせて、杵の先で臼の中の米をこねるように小搗きながら、臼のまわりを五、六回廻る。米粒がおおかたつぶれてくると、祖父は、

「ますや、さあ、搗くぞえ」

と台所にいる祖母を呼ぶ。

祖母は、左手の甲でちょっと鼻の頭をこすり、その手で臼を抱えこむようにして、中腰になり、右手の先を手足水につっこんだままで、

「さあ、お搗きな」

と、あやがびっくりするような大きな声を出す。

「それっ」

祖父が掛け声をかけて杵を振りあげると、その隙に、祖母は濡らした右の掌《てのひら》で、臼のまん中あたりをぺたんと叩く。

祖父が杵を振りあげているわずかの隙に、祖母は餅のまわりに手早く水を振りこんだり、ふくれ上がってきたところへ、拳骨《げんこつ》をねじこんだりする。ときには、餅の片端をつかんで長く伸ばし、それをさっと元へ折り戻した。餅をまるごとくるりと裏返したり、両手で思い切り引き伸ばした餅を、風呂敷で物を包む形に折り畳んだり、臼の中の餅は、手品のように祖母の思いどおりになっていた。あやは、そんな祖母の手元を、まばたきもしないで、

じっと息をつめて見入っている。

「母屋《おもや》のしげよさんの手足は、臼からとわい（遠い）とこへ逃げとって、指の先だけをちょっ、ちょっとつき出すんで、搗くほうは、危のうて、危のうて搗けん言いよったわい。手足のじょうずな人ほど、臼を抱えこんでしまうちゅうけんなあ」

祖母は、手は忙しく動かしているのに、のんびりと祖父に話しかけている。

餅がまるまって、肌が光ってきた。

「さあ、もうよかろ」

と言ってから、祖父はまた二搗き、三搗きした。

祖母はすぐ餅のまわりへ手際よく水を振りこみ、臼の底へねばりついている餅を、

「よいしょっ」

と両手ではがした。揃《そろ》えた両手から溢れそうになる熱い餅をささげるようにして、急い、で、はんぼ（木製の丸くて浅い容器）へ移す。はんぼの底にふり敷いてある取粉《とりこ》の上で、熱いうちにくるくると廻して、丸い形にまとめる。

「ことしも、ええ餅じゃなあ」

41　はがため

餅の肌を撫《な》でて言う祖母へ、

「そりゃあ、朝日の一等米じゃけんのう」

と祖父は一服つけながら相槌《あいづち》をうつ。一臼目は鏡餅、二臼目からは小餅や、のし餅にする。

はんぼへ移した餅を、祖母は片側の端から、親指と人差指でぎゅっと挟《はさ》んで、小蜜柑《みかん》くらいの大きさにちぎっていく。それを祖父がごつい両の掌で、三、四回丸めると、もう形のよい小餅になっている。

「こう（粉）がつくけん、あんまり寄るんじゃないぞな」

と言われても、あやは、はんぼのふちへ寄っていって、粉の中へ手を入れ、餅にさわる。

三臼目を搗く前に、祖母は丼鉢《どんぶりばち》一杯の大根おろしをつくる。三臼目が搗き上がると、はんぼへ移す前に、臼の中の餅をほおずきくらいの大きさにいくつもちぎって、丼鉢の大根おろしの中へ入れる。残りの餅を祖母がはんぼの中でまとめているうちに、祖父、大さん、あやの三人は、もう、大根おろしにまぶした餅を小鉢にとって、しょう油をたらし、よく噛みもしないで音をたてててすすりこむ。大根おろしの辛《から》みがからんだ搗きたての柔らかい餅はうまくて、すぐ呑みこんでしまう。

天井からさがっている大ランプの下で、四臼目、五臼目と搗いていくうちに、広いほうの部屋に、小餅を並べたもろぶた（木製の浅い長方形の容器）が、四枚、五枚と並んでいく。祖父と大さんは、時々休んで茶を飲んだり、一服つけたりした。

日だまりのぬくみで、枯れ草の下に薄い緑に芽吹きかけているのを摘《つ》みとってきた蓬《よもぎ》の餡餅《あんもち》は、あやの大好物である。かぶりつくと、蓬の香りがふうっと匂って、喰いちぎるとき、まだよくこなれていない葉脈が、細い糸になって、口の端へ残ることがある。

紅《べに》の粉で色づけした桃色の餅、肌がざらついている卵黄色《らんおうしょく》の粟餅、粳《うるち》が混ぜてあるぶつぶつ肌のお福餅《ふくもち》。

祖母は、はんぼの中の餅の端を、ちょっと平らに伸ばしては、その上へ大きな餡玉をのせて包みこみ、親指と人差指で挟んで、さっとちぎりとる。祖父と大さんがそれを丸める。祖母の手は慣れていて早いから、はんぼの中に丸めていない餅がたまる。あやも、はんぼのふちに寄って、餡餅を丸める。あやの小さい掌からはみ出した餅は、おおかた、餅の腹が破れて餡がのぞいている。ちぎり口も元のままにすぼんでいて、無花果《いちじく》の形をしていた。

着物の袖口《そでぐち》、膝前《ひざ》、おかっぱ髪まで粉にまみれているあやを見て祖母が、

「ああ、どうならや。こう屋（粉屋）のようになってしもて」

と眉をしかめると、祖父は、

「まあ、ええがえ。好きなようにやらしとけ」

と笑っている。鼻の頭にも粉をまぶしているあやの顔を見て、祖母は笑ってしまう。


小餅を搗き終わると次は、はがため（四角い、かきもちのようなもの）にする餅を搗く。大豆、海苔、黍《きび》などの入った餅を、それぞれ細長いもろぶたに入れて、のし餅にしておく。それが半乾きになると、包丁で薄く切る。

カルタの形になったはがためを、祖母は根気よく一枚ずつ藁《わら》に挟んで長く編み、部屋の壁際へ簾《すだれ》のように吊るしていく。どの壁も、はがための簾でおおわれた部屋は、それが乾ききるまでの何日かの間は、ほの甘い匂いがむせっぽくこもって、夜はその匂いに包まれて眠る。落ちているはがためのかけらを引きにくるのか、宵《よい》のうちから鼠《ねずみ》が部屋を走っていることもある。

はがためは、よく乾いて反《そ》り返るようになると、天気のよい日に藁からはずす。きび、のり、さと（砂糖）、などと書いた紙片を貼りつけた大きな缶へ、祖母ははがためが割れないように丁寧に重ねて詰める。

はがためは、金網の上にのせて、箸《はし》でぎゅっ、ぎゅっと撫でて伸ばしながら焼くと、みるみる三倍くらいにふくらみ、反り返ってくる。それをすぐに裏返して箸で押さえて軽く焼く。淡い枯れ草色に焼けたはがためは、端からかじると、歯ごたえはあるのに、舌先に吸いこまれるように溶けて、香ばしい。祖母が大きなガラスの菓子瓶《びん》にいっぱい焼き溜めてあっても、あやはそれを一日で食べてしまうこともある。

奥の村から峠越えで来る郵便配達のおじいさんは、よく、あやの家で昼弁当を食べる。祖母がお茶に添えて出すはがためを食べながら、おじいさんは、

「ここで、はがためをごっつお（ご馳走）になるのが楽しみでなあ」

と言う。そしていつもはがためを食べ残し、それを手拭いにくるんで郵便鞄《かばん》へ入れる。

「おばあさんに持っていってあげるんじゃろ」

と祖母が言っていた。よその人に、

「ますねえさんとこのはがためは、どして、こないにうまいんじゃろなあ」

などとほめられると、祖母はいつも、

「そりゃあ、さと（砂糖）が仰山《ぎょうさん》つこて（使って）あるけんじゃろ」

と口をすぼめて笑っている。どの人も出しただけは残さないで食べていく。

外はどっぷりと暗くなり、湯気のこもった家の中で、石油ランプの炎が大きく揺らいだり、急に細くなったりしている。長火鉢にもたれかかっていたあやは、そのうちに、おかっぱ頭を火鉢のふちにのせて、うつら、うつらとしていた。

「あやは餅搗きをよう手つどうたけん、しんどなったんじゃろ」

「食べるほうも、よう手つどうたけんのう。はよ寝かしてやれや」

祖父と祖母の話し声を、あやはおぼろげに聞いていた。

寒の水で、寒に搗いた餅は、水につけて水餅にしておくと、一年中腐らないのだそうだ。あやがすっぽりと入りそうな大甕に水を張り、その中へ、よく乾かした丸い小餅をいっぱい入れて、家の中の一番冷たい所へ据えておく。暖かくなってくると、祖母は時々、その水を替えた。

毎朝の雑煮《ぞうに》も、黄粉《きなこ》餅もぜんざいも一年中この水餅を使う。乾いたふきんで餅の水気を拭きとり、焼いたり煮たりするが、搗きたての餅の味とさして変わらない。夏が過ぎ秋が来ても、小甕に移しかえられた水餅があって、黄粉をどっさりとまぶした餅を弁当箱に詰めて、茸《きのこ》採りにいく。そして、次の正月餅を搗くとき、まだ去年の水餅の幾つかが残っていて、広口のガラス瓶の水底に、半透明な色を見せて沈んでいる。

雪のころ

寒に入ってから、粉を振り撒《ま》くようなさらさら雪や、小粒の霰雪《あられ》がよく降るようになった。霰雪が降りだすと、あやは丼鉢《どんぶりばち》を抱えて急いで外へ出る。両手を伸ばしてささげている鉢の中へ雪はなかなか降りこまない。三粒、四粒と入った雪が、鉢を揺すると中で転がる。あやはその雪の粒を指でそっと挟《はさ》んで食べてみる。冷たさが舌の上ですぐに消えて、味はない。そんな日が幾日か続いたあとのある朝、

「あや、はよ起きとうみな。雪が仰山積《ぎょうさん》もっとるぞな」

と表から祖母が大きな声で呼んだ。

あやはその朝、生まれてはじめての大雪を見た。川ぶちに長く続いている長《ちょう》おじの家の藁屋根《わらやね》、鶏小屋、水車小屋、畑の土《つち》ぐろも大根も葱《ねぎ》も、真っ白い雪の綿帽子を深々とかぶって静まっている。向かいの山の松の枝に積もった雪が、突然、ざざあっと音をたてて落ちていく。わずかに射してきた日の光を返して、雪の白さはちかちかとまぶしい。谷川は

雪の山裾《やますそ》を、黒い帯になって続いていた。

表に出て、蒲団《ふとん》の形にもり上がっている雪を踏むと、赤い爪革《つまかわ》の下駄ごと、ごぼっと沈む。綿入れのでんち（ちゃんちゃんこ）の裾をひきずって、あやは雪の上へしゃがみこみ、両手に雪をすくいあげる。雪はさくっとして固いようでもあり、綿菓子のような頼りない柔らかさでもある。嘗《な》めるとざらついた冷やっこさが舌先から体中に走る。あやは口をすぼめて両手の雪を元へ戻した。祖母が呼んでいる。雑煮《ぞうに》が煮えたのだろう。

朝食をすませると、祖父は、

「きょうは、兎狩《うさぎ》りじゃ」

と言って、押入れから出してきた鉄砲を胡坐《あぐら》の上に横たえて、気忙《きぜわ》しげに手入れをはじめた。

「誰ぞ、誘《さそ》ていくんかな」

「うん、亀にいでも誘ていこか」

「亀さんとこは、このごろ犬がおらんけんなあ」

「うん、うちのエスだけでよかろ」

祖父は、祖母と話しながら、かちかちと引き金を引き、鉄砲を頬へくっつけて獲物をねらう格好をする。そして、もう一度引き金をためしてみてから鉄砲を置いた。ガラス戸の外には大きな牡丹雪《ぼたんゆき》が、少し先も見えないくらいに、音もなく降りはじめていた。

飼い犬のエスは、祖父が押入れから鉄砲を出してくるとすぐに床下から出てきて、土間に座り、他のものには目もくれずに、祖父のほうばかりを見ている。

「エス、行くぞ」

と言って、土間へ降りて弾帯《だんたい》をまきつけている祖父の巻脚絆《まききゃはん》や地下足袋《たび》の匂いをかぎながら、エスは尻尾《しっぽ》を振って、祖父の足元をくるくると廻る。

エスは茶と白の斑《ぶち》の雌《めす》で、洋犬が混じっている雑種の猟犬である。祖父が猟に出かけないときでも、エスは時々、山兎をぶらりとくわえこんで帰ってくる。その兎のどこにも傷をつけていないのが、祖父と祖母のエス自慢だった。あるとき、祖母の頓狂《とんきょう》な声に表へ走り出てみると、かなり遠い山の禿げた斜面を横切りながら、山兎を追いあげているエスが見えた。逃げる兎の姿もよく見えていたが、まもなく、エスも兎も草の茂みに入って見えなくなった。

「のがしたらしいなあ」

祖母は残念そうに言って家へ入った。そのあと、ほんの少したってから、だらりとなった山兎をくわえたエスが、とっとと戻ってきた。

あやはよくエスと遊ぶ。あやが思いっきりの速さで駆け出すと、エスはすぐ、むきになって追いかけてくる。あやが途中で急に止まると、勢いがついているエスは、急には止まれないのか、ずっと向こうまで走っていく。が、気がつくとすぐ逆戻りをして駆けてくる。走り疲れたあやが、草の中へどすんと寝転がると、エスは、このときとばかりにあやの胸に前脚をかけて、手を噛み、顔中を舐《な》めまわしてじゃれつく。わざと両手で顔を覆い、両膝の中へうつぶせると、エスはその鼻先をあやの両膝の間へしゃにむにつっこんできて、まだあやの顔を舐めようとする。エスの鼻先はいつも濡れている。あやは時々、隙を見てエスの鼻先を軽く噛む。するとエスは、二、三度ぶるぶると頭を振って、ぐすんと鼻を鳴らす。エスの鼻先はいつも冷たくて、数の子のように少しざらついている。

秋のはじめころ、あやは祖母について裏の低い山へ雑茸《ぞうたけ》を採りにいった。その帰り、祖母の手にすがって歩いていた山道のまん中へ、山際の草の中からひょっこりと小さい山兎が一匹、とび出してきた。兎は一瞬とまどったふうにあっち向き、こっち向きしてから、ひと跳びで反対側の叢《くさむら》へ入った。両手の中へ入りそうな子兎だった。祖母が、

「かわいらしかったなあ。エスが追い出したんかもしれんなあ」

と言った。しばらくすると、二人の前のほうを、エスが形のよい小さい尻を振って足早に歩いていた。


昼すぎまで降っていた牡丹雪がやんで、空が明るくなってきた。下《しも》のほうですうちゃんとしげやんが呼んでいる。あやは綿入れ羽織の袖口《そでぐち》へ手をすっこめて出ていった。きいやんと春坊が白い息を吐きながら、雪の球《たま》を転がしていた。転がすたびに、道に積もっている雪がそこだけこそげとられて、雪の球のほうへはりつく。あやたち三人の女の子は、よいしょ、よいしょと掛け声をかけて、片側から押した。そのうちに、雪の球はあやの背丈ほどに大きくなってきて、なかなか動かない。時折、不意にごろりんと思わぬほうへ大きく傾いて、そのたびに、誰かがはずみをくって雪の中へ尻餅《しりもち》をつき、騒いだ。同じ場所を何度も転がしていると、道の雪のそこだけがめくれてしまって、雪の球の胴に道の黒土が

帯になってくっつく。

子どもらは雪だるまづくりに飽きると、次は雪礫《ゆきつぶて》を投げ合った。きいやんと春坊の雪礫は痛い。女の子たちは頭を抱えて逃げまわった。油断をしていると、後ろの衿口《えりくち》からぎゅっと、ひとつかみの雪を押しこまれる。溶けた雪水がつるつると背中を伝う。頭、眉毛、鼻先、口のまわりと、みんなは雪にまみれて、ひとしきり大はしゃぎをする。あやの小さい長靴は雪の中へもぐって、歩くたびに靴底の雪水がぐじゅ、ぐじゅと鳴った。


その日の午後おそく、祖父は二匹の山兎をくくりつけた木の枝を肩にかついで、エスを先頭にして亀さんと帰ってきた。

亀さんは酒好きな山男で、どん亀《がめ》さん、と呼ばれていた。以前におかみさんを亡くしたあと、ずっと独りで、山仕事に出たり、猟をしたり、他家の手伝いをしたりして暮らしている。亀さんは昼間から酒の匂いをさせ、博打《ばくち》を打つのが好きだったから、誰も相手にしたがらなかった。が、祖父は山や川、海の猟によく亀さんを誘った。

亀さんはよく、祖父のところへ金を借りにきた。

「なんぼいるんぞえ。ああ、ほうかえ」

と祖父はいつも上機嫌で、

「ますや、出してやれや」

と祖母に言う。返して貰《もら》う当てのないことを知っている祖母が何か言おうとしても、

「誰でも金が無いときゃ、辛《つら》いもんじゃ」

と祖父はとり合わない。

亀さんはいつも赤ら顔で、足をふらつかせて歩く。片方の口尻をいびつに曲げてゆっくりと話すが、ろれつが廻らないので、何を言っているのか、よく聞きとれない。前の歯がおおかた抜けているからか、話すとき上下の唇がぴちゃ、ぴちゃと鳴ってくっつくのを、あやは下からじっと見上げていた。

「亀は酒が好きじゃちゅうが、亀さんとは、親もええ名前をつけたもんじゃなあ」

と祖母がからかっても、亀さんは酔ってさえいれば機嫌がよくて、にたにたと笑っている。雪のころになると、亀さんは、そこらの赤毛の犬をつかまえてきて、皮を剥《は》いで、鍋にして食べるのだそうだ。

「赤犬はうまいけんのう。山兎の肉なんか、おいつかんぞ」

と言いながら、煙管煙草《きせるたばこ》をすっている亀さんの首は、小刻みに揺れている。

里芋《さといも》、人参《にんじん》、こんにゃくなどと煮つけた山兎の肉は、さっくりとして柔らかく、臭みはない。畑から雪を払って抜いてきた大根や葱をどっさり入れた兎肉のすき焼きが、七輪《しちりん》の上でぐずぐずと煮えてくる。祖父と亀さんは湯呑み茶碗で酒を呑みながら、猟の話をしている。

ごうっと山がうなっている。

「また、風が出たようななあ」

と言って、祖母は笊《ざる》の葱や青菜を鍋の中へかき入れる。

「こりゃあ、この風と雪じゃあ、山の木がだいぶ倒れよるのう」

「あしたから、片付けがまたひと仕事じゃ」

祖父と亀さんは、どっかりと胡坐をかいて、一升瓶《びん》からとくとくと音をさせて、湯呑み茶碗へ酒をつぐ。

外はまっ暗い。また雪が降っているのか、無数の雪片が窓のガラスにはりついている。

豆撒《ま》き

大雪が解けあがると、瀬戸内海に面したこの伊予の山間《やまあい》には、もう陽気が立ってきて、暖かい日射しに包まれる日が多くなった。

二月に入るとすぐ豆撒《ま》きになる。祖母は朝のうちに裏山から、鬼ぐいの木とぱりぱり木の枝を切ってきた。ぱりぱり木は、生《なま》でもその丸っぽい小さい葉が、ぱりぱりとはぜるような音をたてて、よく燃える。鬼ぐいの木は、細い棒のような幹一面に鋭い刺《とげ》が出ている。山へ入ると、この刺に着ているものがよくひっかかって破れる。春には、その先端に薄緑色の親指ほどの新芽が、かたまって出てくる。たらの芽ともいう。祖母は、その新芽を見つけるとすぐ摘みとってきて、さっと湯にくぐらせて、酢味噌で和《あ》える。しんなりとして柔らかいのに、こりこりとした歯ごたえもあって、口の中にすっきりとした後味《あとあじ》が残る。鉢《はち》に盛ってあると、あやはそればかりを食べた。

祖母は軍手《ぐんて》をはめて、鬼ぐいの木を掌《てのひら》ほどの長さに鋸《のこぎり》で引いて、その端に鉈《なた》で割れ目を入れる。その割れ目へ、葉のついたぱりぱり木の小枝と干し鰯《いわし》の頭を二つずつ挟《はさ》みこむ。鰯の頭はまだ目玉が光っていて生臭《なまぐさ》い。門口、裏木戸、便所の入口などへそれを挟んで廻りながら祖母は、

「これでなあ、鬼が来ても、よう入らんのぞな。入ろ思《おも》ても鬼ぐいが刺さって、痛い、痛い言うて逃げていくんよ。ほして、鰯の頭が臭い、臭い言うてなあ」

と話す。あやは、鬼ぐいの刺にそっと指先を触れてみる。びくともしない硬い刺だった。鬼ぐいの木を挟み終わると、祖母は、裏の軒下に荒縄でしばって吊《つ》るしてある大きな焙《ほう》烙《ろく》（素焼きの平たい土鍋）をおろしてきた。長おじがよく話してくれる猿の嫁とり話の中で、騙《だま》されて焙烙に乗った猿が、池の真ん中あたりで焙烙ごと沈みそうになる、その焙烙はこれくらいの大きさだったのかもしれない。あやは忙しく動く祖母のあとを追っていく。

かまどにかけた焙烙の上で大豆がはぜる。箒草《ほうきぐさ》で作った小箒で、絶えまなしに大豆を混ぜ転がして炒《い》っている祖母の、鼻の頭に汗がにじんできた。おおかたの大豆に、黒い目鼻をつけたような焦げ目が見えてきたころを見計らって、祖母は藁《わら》の鍋つかみで、

「よいしょっ」
と、焙烙を持ちあげて、大豆を笊《ざる》の中へ移し出す。二度めの大豆を炒る前に、祖母は、先に炒った大豆を二粒ほど掌に転がしてから、こつこつと噛む。あやも真似てひと粒を口に入れて、前歯でこちんと割る。大豆の中はまだ熱くて、少し青臭い。

大豆の次は霰《あられ》を炒る。霰は、寒の餅を搗《つ》くときに、一緒に搗いて、賽《さい》の目に切ってある。黄色、桃色、緑色と、色どりのよい霰は炒ると、所々がはじけて白い腹を見せてふくらむ。笊に溢れそうなほど炒った、まだぬくみのある霰の中へ、あやは両手をつっこんでざらざらと掌からこぼして遊ぶ。こぼしながら二つ、三つ拾って口に入れる。薄い塩味がしてすぐ溶ける。

祖母は、炒り大豆と霰を大笊の中でざくざくと両手で混ぜ合わす。あやは、笊の上のほうへ出てくる霰だけを、手ですくいとって食べた。祖母は、この大豆と霰を混ぜたのを、ひと握りずつぎょうせん（いも飴《あめ》）で固めて菓子も作る。

夕方、山仕事から帰ってひと風呂浴びた祖父は、神棚を拝んでから、神棚に供えてあった炒り豆の入った一升枡《ます》をおろした。はじめに門口に立って、枡の豆を掴《つか》んでは、

「おにわあそと、ふくわあうち」

と大声をはりあげて、家の内外へ勢いよく投げた。あとは所かまわず投げる豆が、ころころと転がっていく。その豆に乗って転びそうになりながら、あやは、豆を撒く祖父の尻を追う。

「さあ、ことしも、まめでいけるぞえ」

祖父は、ついてくるあやのおかっぱ頭に掌をおいて笑った。

節分の豆を自分の年の数だけ食べると、その年の厄《やく》を逃れるという。厄年の人は、大豆と小銭を紙にくるんで、それを、節分の夜こっそりと四つ辻へ捨てにいく。捨ててから後ろを振り返ると、捨てた厄がまたくっついてくるそうだ。

節分の翌朝は、たいてい四つ辻に白い小さい紙包みがいくつか捨ててある。口を開きかけた紙包みの中に、豆や一銭銅貨が見えているのを、子どもらは、怖い物を見る顔つきで、そっとのぞきこむ。

お昼ころになると、豆は踏みつけられて泥だらけになり、ちぎれた紙は残っているけれども、銭はなくなっている。

ほうしこ

山や草原が一日一日ふくらむように芽吹きはじめると、あやは綿入れのでんち（ちゃんちゃんこ）を脱ぎ捨てて、走り、跳ね、草原に寝転がって遊ぶ。まだ枯れっぽい草のぬくみの中へもぐりこんで、女の子三人は、一つにからまってじゃれ合い、笑い転げる。小さい尻に敷かれた枯れ草の下には、薄緑の草の芽がびっしりと出揃っている。

三月も半ばを過ぎたころになると、三人の女の子は畦《あぜ》や草道を伝って、ほうしこ（つくし）を探しはじめる。ほうしこはまだ幼くて、深く重ねた袴《はかま》の先に黒っぽい坊主頭を少しのぞかせている。竜《りゅう》のひげの陰や蓬《よもぎ》の若芽の根っこに、土の色とまがう頭を出しているのを見つけると、あやたちは大きな声で呼び合った。短いほうしこを少しでも長く取りたくて、土の中へ人差指をつっこんでもぐりこませる。土に埋まっているところまで抜きとると、ほうしこは思っていたよりも長い。

あやは、ほうしこを採ってくると、いつも流しの下の洗い桶《おけ》の水につけておく。すると、祖母がいつのまにか袴をきれいにとって、熱い湯でさっと茹《ゆ》でてくれてある。

ほうしこの卵とじはあやの大好物だった。箸《はし》で挟《はさ》みあげると、卵にとじられて長く連なってあがってくるほうしこを、口の中へ、つるつると受けて食べる。まだ若いほうしこの頭は舌先にざらついて、噛むと、口の中にほろ苦い味がひろがる。この苦味と茎の歯ごたえがないまざって、うまい。

ほうしこが、線香を立て並べたように出るころは、あやは、大鉢《おおばち》一杯ぐらいをご飯代わりのように食べる。

「なんぼ好きじゃいうても、そげに仰山《ぎょうさん》食べたら、腹の中に、とうな（すぎな）が生えてくるぞな」

と祖母が顔をしかめると、祖父は、

「ええ、ええ、好きなもんは、なんぼ食べてもええんじゃ」

と言って、笑っている。

ある日の昼ごろ、家へ六、七人の男の客が来た。その人たちは、畳の上へ並べた塗り膳《ぜん》の馳走《ちそう》の前に胡坐《あぐら》をかいて、酒を呑みながら話したり笑ったりしていた。ふだんは無口な長《ちょう》おじも、上機嫌でしゃべっている。あやは祖父の胡坐の中へ入って、祖父が挟みあげてくれる鯉《こい》の洗いや、山椒《さんしょう》の芽が匂う山独活《やまうど》の酢味噌和《あ》えなどを、あんぐりと口を開いて食べさせてもらっていた。

ガラス窓から射しこむ日をまぶしそうによけながら、時々、盃《さかずき》を口へ運び、両隣の人に短く相槌《あいづち》をうっているうつ向き加減の男の客は、あやの見知らない人だった。この山間ではめったに見かけない洋服を着ているその人は、ズボンの両膝《ひざ》を窮屈《きゅうくつ》そうに揃《そろ》えて座っていた。

「面渓《おもご》へバナナを送ったらのう、食い方を知らんもんで、大けな豆じゃなあ言うて、煮て食ったたちゅう話じゃ。その家のばあちゃんが息子に『あげにうもないもんは、もう二度と送ってくれるな』言うて手紙をよこしたちゅうけん」

長おじの話に、みんなは、土間に据《す》えてある大きなバナナ籠《かご》のほうを見てから、どっと笑った。

「知らんちゅうもんは、そんなもんじゃ。おらの村長さんでも、東京の料亭で、蝿たからし用の西瓜《すいか》を、そうと知らんで食ったたちゅうけんのう」

と誰かが言って、またみんなが笑った。バナナ籠の荒い竹の目の間から、少し青っぽいバナナの先がのぞいていた。

膳の上のかまぼこや、卵焼きも食べてしまうと、あやはもじもじと動きはじめ、そのうちに、祖父の胡坐から転がるようにして抜け出し、表へ駆けていった。

下の畦道《あぜみち》でほうしこを探していたすうちゃんとしげやんが、あやを見つけて手を振った。草道を駆けおりていくあやの草履《ぞうり》の下で、水を含んだ土がぼこぼことへこんだ。二人がいる畦よりも一つ下の畦まで一気に駆けおりると、二人もあとを追ってきた。

三人は畦道を一列に並んで、腰をまげてほうしこを探した。

ほうしこ　ほうしこ　だあれの子お
やあぶのなかの　とうなの子
ほうしこ　ほうしこ　だあれの子お

三人は声を揃えて歌った。山の色も風の匂いも川の音もすっかり春めいていたが、ほうしこはなかなか見つからない。枯れた茅《ちがや》を踏みしだいたり、草の間を手さぐりしたりしながら、三人は畦を伝っていった。

あやは、嫁菜《よめな》の間に青い頭を出しているほうしこを見つけて、急いでそこへしゃがみこもうとして、ふと顔をあげた。何かの気配がしたからだった。あやは、おかっぱ髪を振って横をふり向いた。そして、一瞬息をつめた。あやから少し離れた田んぼの中に、黒い布をひき冠《かぶ》った奇妙な格好の人影が、黒いズボンの足だけを見せて立っていたのだ。あやはとっさに駆け出した。どこをどう走ったのか、畦をよじあがり、たんぼを横切り、目茶苦《めちゃく》茶《ちゃ》に走りながら、あらん限りの大声を出して泣いた。

それから、どれくらいの時間がたっていたのか。泣き寝入りに寝入って、まだ瞼《まぶた》を薄く開けたり閉じたりしていたあやは、祖母の背におぶさっていた。

山道をくだりながら、ずり落ちそうになるあやを、祖母は両腕に力を入れて、揺すりあげる。あやはそのたびに薄目を開けた。

65 ほうしこ

男の人の低い声が近くに聞こえる。あやは、祖母の背にくっつけていた片頬を、くるりと反対側へ向けて目を開けた。背の高い男の人が祖母の横に近々と並んで歩いていた。さっき家で見た黒い洋服の人だった。あやが目を開いたのに気がつくと、少し笑った顔であやの顔をのぞきこんできた。あやは男の人の目をじっと見たが、すぐ顔を反対側へ向けた。そして、畦道で見た奇妙な黒い人影を思い出していた。しばらくすると男の人は、あやの顔が見えるほうへ廻ってきて、優しそうな目であやを見た。あやはまた、ついと顔を反対側へ向けた。男の人が祖母に何か言って、二人は低く笑い合った。

「写真ができたら、送りますから」

「こっそり写しよったけん、あやも、たまげてしもたんじゃろ。大泣きしてしもて。よう写っとるかどうかわからんなあ」

「つくしを採ってるところを、写したかったんですよ」

「あんたにも、ほんとにすまんなあ。台湾くれし（台湾のような遠い所）から、わざわざ来ておくれたいうのに。あき江は家を出てしもて。

ほれに、あやはこげにかわいいさかりで。おじんば（爺・婆）は、あやだけは、どげにしても、手放しとないもんでなあ。ほんとに、あんたにはすまん、思うんじゃけんど」

山鳩のくぐもった鳴き声が聞こえる。男の人は黙っている。

里の家々の白壁が、木の間《こま》がくれに下《しも》のほうに見えてきた。あやは、祖母の背に片頬をくっつけて、いつのまにかまた寝入っていた。

みじかい春

雑木山《ぞうきやま》の木々の芽が数知れない色どりを重ね合わせて、いっせいに芽吹きはじめると、山全体が柔らかい色に煙って見えてくる。筧《かけい》を伝ってくる山の水の乳色が、そのころになると少し濃くなる。薄白いその水を見ると、あやはふっと、町にいたころ毎朝飲んでいた牛乳を思い出す。

牛乳瓶《びん》をぎっしりと詰めた大きな箱をのせた大八車の音が、静かな朝の通りから、ごろりん、ごろりんと響いてくると、あやはよく通りへとび出していった。牛乳配達のおじさんは、白い手袋の指に牛乳瓶をひょいと挟《はさ》んで、あやの胸におしつけてくれる。時に、おじさんは、もう一本をおまけに抱かせてくれることもあった。

朝、裏山から筧で引いてある山の水を金《かな》だらいに汲んで、顔を洗っていると、すぐ近くの山で鶯《うぐいす》が鳴いている。

「ほう、だいぶ、じょうずに鳴くようになったなあ」

と、炊事の手を休めて、祖母が山を見あげる。春も浅いころは、鶯の鳴き声もまだ頼りなげで、ケキョ、ケキョ、ケキョと木々の奥で短く鳴く。それが、春が深くなるにつれて、ホーホケキョ、ホーホケキョと次第に長く強く鳴くようになり、あちらの山、こちらの山と、鳴き声が響き渡る。その中に、時々、ひときわ鋭い鳴き声が混じる。祖父が、

「あれが、鶯の谷渡りちゅうんじゃ」

と言っていたが、あやはまだ鶯を見たことはなかった。

堰《せき》を切った勢いで山々の若芽が伸び、日一日とその持ち味の色を深めて、どの山もふくらんでいくような生気に包まれる。

朝起きぬけに向かう山は、いつも濡れた色に光っている。開け放した上がりはなに腰をかけて、両足をぶらつかせながら、ぼんやりとそんな山々を見ているのが、あやは好きだった。反対側の山の端から朝日が射しはじめると、若葉がまぶしく陽を返して、山が匂ってくる。

ほうしこ（つくし）が、皺《しわ》っぽくすがれてしまったあとを、つんつんとした細いとうな（すぎな）の緑に占領されてしまうと、すうちゃん、しげやん、あやの三人の女の子は、今

度は、茅原《かやはら》へつ、、、んばな（茅の芽《ちがや》）を抜きにいく。つんばなは、薄緑の箸《はし》くらいの長さに細くとがっていて、その先のほうは、花穂を孕《はら》んでゆるくふくらんでいる。それを引き抜いて縦に割《さ》くと、中から小筆の先のようなまっ白くて柔らかい花穂が出てくる。まだ濡れて光っている。それを口に含んでもぐもぐと噛んでいると、甘味とはいえないほどの淡い甘味の汁が、口の中に溜まってくる。と、思わずそれをごくりと呑みこんでしまう。

次々と抜きとったつんばなを、口いっぱいにほおばって、くちゃ、くちゃと噛みながら、三人はつんばなの群生を探して、草原を歩きまわる。時々、白い花穂の中に小豆《あずき》色の穂が混じっていることがある。と、みんなはそれを、

「蛇じゃ、蛇じゃ」

と言って、怖いもののように急いで遠くへ投げ捨てた。

つんばなの味に飽《あ》いてくると、採ったつんばなの穂をちょっと舐《な》めて湿らせては、蛇のとぐろのようにぐるぐると巻いていく。それが一銭銅貨くらいの大きさにまるまってくると、思わずぽいと口の中へ放りこんで、飽いているはずなのに、それをまた、ぐちゃり、ぐちゃりと噛みつづける。

雨が降ったりして二、三日行かなかった間に、つんばなは急に伸びて、花穂をふくらませきっているか、もう、白っぽい穂をさらさらと風になびかせているのもある。

茅原一面に、羽毛のようなつんばなの穂が風に吹かれて波打ちはじめると、あやたちは、その、ふわふわとしたつんばなの穂の波の中へとびこんで、穂を蹴散らして駆け廻る。

土間へ敷いた荒筵《あらむしろ》の上に大きな渋紙《しぶがみ》をひろげて、その上へ碾臼《ひきうす》を据《す》える。きれいに洗って乾かした餅米を小笊《こざる》に入れて傍《かたわら》にひきよせ、祖母はお尻をすとんと落として、碾臼の前に座った。そして、小笊の米を五、六粒、上臼の小さい穴から落として、右手でごろごろと上臼を廻し、臼の調子や座り工合《ぐあい》をみる。臼を挟《はさ》む格好に、両膝をずいと渋紙の下へ進めて、どっかりと座りなおす。

掌《てのひら》にひとすくいして上臼の上へのせた米を、左手の指先で、穴から少しずつ落としながら、右手に臼の取っ手を握って、ごろり、ごろりと上臼を廻す。何回か繰り返しているうちに、上臼と下臼の狭い隙間から、白い米の粉が小さい滝のように、ささっ、ささっと渋紙の上へ落ちはじめる。

米粒を穴へ落とした左手は、そのまま臼の左横腹へ滑らせて、上臼を廻すのを手伝う。右手と左手が臼の上を這うように交互に動き、臼は休みなく廻る。しばらくすると、下臼のまわりに高く低く粉が積もってくる。臼の振動で少しずつ崩れてくる粉の山を、あやは指先でつつき、指先についた粉を舐《な》める。ざらついていて少し甘い。

「あしたは菖蒲《しょうぶ》のお節句じゃけん、柏餅《かしわもち》を仰山《ぎょうさん》こと、作るけんな」

と言いながら、祖母は眠くてたまらないというふうで、両瞼《りょうまぶた》をくっつけて臼を廻している。

翌朝、祖母は早く起きて、川ぶちから菖蒲をひと抱え切ってきた。この菖蒲三、四本に蓬《よもぎ》と萱《かや》を足した束をいくつも作る。それを家の門口、物置き、便所の軒先などに挿して、最後に祖父が梯《はしご》にのぼって、大きな束を勢いよく屋根の上へ放りあげた。祖父は、割《さ》いた菖蒲を仕事着の上から腰に巻きつけて、山仕事に出かけた。

まだ陽が高いうちから、祖母は五右衛門《ごえもん》風呂を沸かして、あやに早く入れとせきたてる。風呂の中に菖蒲の大きな束が浮いている。げす板を踏みつけて湯につかると、菖蒲の葉先がちくちくと背や腕を刺す。

祖母は尻からげで、洗い場のふちにしゃがんで、あやのおかっぱ髪を洗いはじめる。両手で耳をふさいでうつむいているあやの頭に、祖母は卵の黄身をなすりつけて、ぐじゅ、ぐじゅと揉《も》んで洗う。そのあと、湯桶《ゆおけ》に幾杯もの菖蒲湯を汲んで、ざあざあとかけて髪を濯《すす》ぐ。菖蒲湯は少し薬臭い。

「さあ、菖蒲湯で洗《あろ》たけん、こんで、ええ髪になるぞな」

飽《あ》いて、もじもじと動くあやをなだめながら、祖母はあやの髪に丹念に櫛《くし》を入れる。風呂からあがったあと、祖母はあやのおかっぱのてっぺんの髪をお椀《わん》形にとって、細く割いた菖蒲で、その根元をきゅっとしばる。

「ああ、ええ髷《わげ》がでけたぞな」

と祖母は目を細めて、あやの額を人差指でちょんとつく。

さっぱりとしたおかっぱ髪を振りながら、あやは表へ駆け出していく。頭を振るたびに、結んだ髷《わげ》の先がぴんぴんと跳ねる。

木を切り倒したあとの浅い谷のくぼみに、山裾《やますそ》から上へと、野苺《のいちご》が谷を埋めて茂っている。しげやんのおかあちゃん、すうちゃんのねえやん、長《ちょう》おじのおかみさん、祖母などの女連れが、めいめいに竹籠《たけかご》をしよって、野苺の谷を登っていく。あやたちは谷裾へ残される。あやたち子どもは、谷から流れ出ている細いせせらぎを、小石を並べてせき止め、掴《つか》まえた沢蟹《さわがに》をその中へ囲いこんで遊んだ。

時々、思い出して谷の上のほうを見上げると、祖母たちの麦藁《むぎわら》帽子や姉《あね》さんかぶりが、ゆっくりと谷を登っていくのが見える。突然、頓狂《とんきょう》な声が谷の上から聞こえた。蛇か蝮《まむし》が出たのかもしれない。


「ええ匂いじゃろ」

言いながら、祖母は後ろ向きになって、背中にしょっていた竹籠を上がり框《がまち》におろす。甘い香りがひろがる。黒味をおびて光っている赤い苺の粒々。苺を山盛りにしてもらった小鉢を抱えて、あやはひと粒ずつ、口をすぼめて食べる。そのうちに、口の中も手の指も苺の赤に染まる。苺の盛りはあっけなく終わる。

あやたちは次は、いたんぽ（虎杖《いたどり》）を見つけに行く。山田へ水を引く小溝《こみぞ》のふちや、斜面の草の中に、去年のいたんぽの枯れた茎が幾本も折れ曲がっているのを見つけると、あやたちはわれ先にと小走りしていく。枯れた茎の根っこからは、必ず、親指ほどの赤味がかった芽が出ている。その芽を根元のほうで折ると、ぽんという小さい音がする。茎の中が空っぽになっているからだろう。折り口から、ちょろっと少しの水が出る。縦に皮をむいて、太い根のほうからかじる。酸っぱくて顔をしかめるが、それでも、みんな、しゅう、しゅうと音をたてて、汁を呑みこみながら二、三本はすぐに食べてしまう。長くて太いのを見つけると、あやは折らないように大事に抱えて帰る。桶の水につけておくと、祖母がいたんぽの水車《みずぐるま》を作ってくれる。

掌くらいの長さに切り、その両端を細く割いてしばらく水に浸しておくと、割いた両端がくるりと外側へはね返って、水車になる。その胴へ細竹を通して、瀬の速い小流れにつけると、くるくるとよく廻る。

祖母は、漬物もよく作る。昼ころに、皮をむいて短冊《たんざく》に刻み、塩を振り、擂鉢《すりばち》の中へ重ねて小石をのせておくと、夕食には食べられる。その酸っぱさはご飯をおいしくする。祖母はまた、煮つけることもある。いたんぽは煮てもやっぱり酸っぱい。

やまんば

日が山に入ってから、あやは祖父、祖母と一緒に長《ちょう》おじの家へ行った。茶の間には、すうちゃんもしげやんも男の子たちも来ていて賑《にぎ》やかだった。まん中のちゃぶ台の上の大笊《おおざる》に、かんころ餅《もち》（甘藷《かんしょ》粉の餅）や柏餅《かしわ》（さるとりいばらの葉に包んである）が盛ってあり、大皿に穴子鮨《あなごずし》や卵の厚焼き、かまぼこなどが並べてあったが、誰もあまり手を出していないようだった。あやも家で、祖母が作ってくれた節句料理を間《ま》なしにほおばっていたから、食べることよりも、長おじのお伽話《とぎばなし》が早く始まらないかと待っていた。大人の誰かが長おじに話しかけると、そこでまたひとしきり大人同士の話に花が咲くので、子どもらはうんざりするのだった。

長おじのすぼんだ口元や、白髪の混じった長い眉のあたりを見つめて、あやは、早く話が始まらないかと、体を揺すって待ちあぐねていた。

煙管煙草《きせるたばこ》をうまそうに何服かすってから、ごつい掌《てのひら》の上で、煙管の灰をはたきながら、

「ええっと」

と言って、一つ二つ咳払《せき》いをするのが、長おじの、お伽話の始まる前の合図だった。子どもらは膝をのり出して手を叩く。

「ええっと、今晩は、やまんばの話でもしてやろかのう」

と長おじは子どもらの顔を見まわし、胡坐《あぐら》の膝頭《ひざがしら》を煙管の頭でぽんと叩く。


「昔、昔、あるとこに吾作ちゅう男がおっての、嫁さんを貰《もろ》たんじゃ。吾作は毎日外へ仕事に行きよったんじゃが、ある日、隣のおばさんがちょっ、ちょっと手招きして呼ぶんじゃ。ほして、おばさんが目をまん丸くして言うことにゃ、

『吾作さん、あんたの嫁さんは、あんたが仕事に出かけるとすぐ、裏の井戸端で仰山《ぎょうさん》こと米を研《と》ぎよるけん、おかしいな思《おも》て、戸の節穴からのぞいてみたら、こりゃあ、びっくりしてしもてなあ。嫁さんが頭のてっぺんに大きな口をあいて、そこから、はんぼの飯を、もくもく、もくもく食べよるんぞな。わしゃあ、腰を抜かすとこじゃった。嘘じゃ思《おも》たら、のぞいておみいな』

おばさんの話を、吾作は嘘のような気がしたんじゃが、ほんでも思て、節穴からのぞいてみたら、これはどうじゃ、口が耳まで裂けたやまんばが、頭のてっぺんの大けな穴から、ざんばら髪を押し分けて、はんぼの飯を押しこみ、押しこみ食ってる最中じゃないか。吾作はたまげてしもて、『ううん』言うて、そこへ腰を抜かしてしもたんじゃ」

まばたきもしないで聞き入っている子どもらは、自分らも腰を抜かしたように、いっせいに息を吐く。いつのまにか祖母の膝にしがみついていたあやは、胸がどきどきしている。

「吾作に気がついたやまんばは、髪を逆だてて怒ってしもてのう。大けな桶《おけ》に吾作を押しこんで、上から石の重しをして、それを、ひょいと頭へのせると、ごうごう、ごうごうと風を起こして、山のほうへ去《い》てしもたんじゃ。桶の中の吾作は、やまんばに食われるかもしれん思て、桶の中で、がたがた震えよったんじゃ」

子どもらは思わず唾《つば》をのむ。あやは祖母の膝を固く抱いて、長おじの口元を食い入るように見ている。

「どんどん、どんどん山の奥へ入っていくうちに、やまんばは喉が渇いてきてのう。桶をよいしょと頭からおろして、近くの谷川で、腹這《はらば》いになって、たらふく水を飲んだんよ。ほしたら、涼しい風が吹いてきて、やまんばは眠とうなってきてのう、木の陰で大鼾《いびき》をかいて寝てしもたんじゃ。

吾作は、この隙に出んといかん思て、いっしょけんめい、桶の蓋《ふた》を押しあげ、押しあげして、とうとう外へ出てのう。ほして、急いで大けな石を拾《ひろ》て桶の中へ入れて、元のように石の重しをすると、あとはもう、転げるようにして、山を駆けおりたんじゃ」

子どもらは、やれやれといった顔つきになって、足を投げ出したり、お互いに顔を見合わせたりした。長おじは、何となく聞き耳をたてている大人たちのほうを振り向いて、ちょっと笑ってから、

「さあてと」

と合いの手を入れて、続きを話しだす。

「吾作はやっと里へついたんじゃがの、集まってきた里の人らは、

『はて、どないしたもんじゃろ。はよせんとやまんばが、戻《もん》てくるけん』

とはらはらしよったんじゃ。ほしたら、寺の坊《ぼん》さんが、

『すぐに菖蒲《しょうぶ》と蓬《よもぎ》と萱《かや》を束にして、どこの軒先にもはさけて（挿《さ》しこんで）くれ』

言われてのう。みんな大急ぎで言われたとおりにしたんじゃ。そこへ、かんかんに怒ったやまんばが、

『吾作はどこじゃあ、吾作はどこじゃあ』

言うて、山から、風を鳴らして降りてきて、家々を廻ってのう」

子どもらは、吾作がやまんばに見つけられるのではないかと、息をつめている。

「ほじゃが、どの家にも軒先に、おんなじような菖蒲の束が挿してあるんで、やまんばは

見分けがつかんのじゃ。とうとう、業《ごう》を煮やしたやまんばは、また、風をまき起こして、山へ去《い》んでしもたちゅうこっちゃ」

子どもらは、思わずぱちぱちと手を叩く。大人も、そんな子どもらに合わせて、手を叩いた。

「それからこっち、五月になると、どの家も菖蒲や蓬をしばって、屋根へあげたり、門口へ挿して魔除《まよ》けにするようになったちゅうことじゃ。猿のつべ赤いこ」

長おじが、話の終わりには必ずつける、〝猿のつべ赤いこ〟を聞くと、子どもらは小さい肩をおとしてほっと息をつく。けれども、すぐ口々に、

「もひとつ、もひとつ」

と次の話をねだる。

長おじは、節くれた指先で、煙管の先に刻み煙草を詰めながら、

「ほんじゃあ、きょうは節句じゃけん、もひとつおまけをつけよかのう」

と言う。子どもらはすかさず手を叩き、長おじの第一声を、息をころして待つ。少し眉根を寄せて、目を閉じたまま首をかしげている長おじの広い額のあたりを、あやは下からのぞきこむ。

「ほんじゃあ」

と長おじは目を開いて、背骨をぐっと伸ばしてから話しはじめる。

「昔、昔、ある所に、仰山こと屁《へ》をひる嫁さんがおってのう」

子どもらは、わあっと笑った。世間話をしていた大人たちも、横でくすくすと笑う。

「ある日、姑《しゅうとめ》さんと二人で石臼《うす》でこう（粉）を挽《ひ》いとったんじゃ。ほしたら、その嫁さんが急に大けな屁をぷうっと出したもんじゃけん、せっかく挽いたこうが、いっぺんに吹っとんでしもてのう」

子どもらは、また、どっと笑った。

「そこで、こんな嫁じゃあ、しょうがないけん、里へ去《い》なさにゃいかん言うて、姑さんが嫁さんを里の家へ連れていくことになっての」

そのうちに、あやは、みんなの笑い声がうつら、うつらと遠くに聞こえるようになってきて、祖母の膝へうつぶせて眠ってしまった。

赤い川蝦《かわえび》

山々が黒味を帯びた緑に変わって、山間《やまあい》はすっかり夏の気配になってきた。暑くなってくると、子どもらの遊び場は、川縁《かわべり》へ移っていく。

あやを入れた、すうちゃん、しげやんの三人の幼い子たちには、すばしこい鮠《はや》には手が出ない。川縁のごく浅い所の葦《あし》の繁みのあたりへ、見よう見真似の仕草で、じょれん（竹で編んだ小型の箕《み》）をつけて、片足でじゃぶ、じゃぶと水を踏む。あげたじょれんの底には、小さい川蝦《かわえび》が四、五匹、ぴんぴんと跳ねている。あやたちは、そんな獲物にはしゃいで、岸辺においてある小さいバケツへ放す。何度も繰り返しているうちに、バケツの中の小蝦は数を増していく。あやは、バケツの縁に顔をくっつけて中をのぞく。半透明な薄飴《あめ》色の小蝦は、じいっとして浮かんでいるかと思うと、急にぴいんと跳ねて、素早く向きを変え、また、じいっとしている。小さい目が光っている。三人は、かわるがわるにバケツをのぞきこむ。

川蝦の入ったバケツを、三人は順番にぶらさげて、しげやんの家へ行く。しげやんの家には父親がいない。しげやんの母親のかいしゃんは薄暗い壁際で、いつも手機《てばた》で絣《かすり》を織っている。三人が下着までべっとりと濡らしていても、かいしゃんはバケツをのぞいて、「ふうん、あんたら、よくもこげに蝦を仰山《ぎょうさん》とったなあ。ほんでも、そげに服を濡らしてしもて、どうならや」

と薄い眉をちょっとしかめて見せるだけで、叱言《こごと》は言わない。そして、機《はた》からおりてきて、かまどに土鍋《どなべ》をかけ、すくず（枯れ松葉）をぽっと燃やしつけて、少しのしょう油と砂糖で小蝦を煮てくれる。小蝦は鮮やかな赤蝦になる。

チュンチュク　チュンチュク　雀の子お
生まれたときは　丸裸
お耳も聞こえず　目も見えず
ああたま振り振り　チュンチュクチュン

窓辺で、背を丸めて手機を織りながら、かいしゃんはいつも、雀の子の歌を鼻歌混じりに歌ってくれる。

三人は、かいしゃんの歌に合わせて、何となく体を揺すりながら、小皿に分けてもらった小蝦を食べる。小蝦は噛むと、ぷちぷちと小さく鳴って香ばしい。食べながら、三人は顔を見合わせて、くっくっと笑う。

笹舟

あやと、すうちゃん、しげやんの三人の女の子は、小学校二、三年生の春坊ときい坊が学校から帰って来るのを待っていて、一緒に谷川へ行く。みんなパンツ一枚である。

浅い流れに腰をおろして、春坊らはまず、自分の浮袋をふくらませはじめる。浮袋といっても、木綿《もめん》の残り布を枕ほどの大きさの袋に縫ったもので、一つの隅の穴へ機《はた》の空管《からくだ》(糸を巻く細く短い竹の管)をつっこんで、糸で縛ったものだった。頬を思いきりふくらませたり、すぼめたりして、空管の口から根気よく息を吹き入れる。何回も繰り返して顔が赤くなってくるころ、ぺしゃんこだった袋が、風船のようにぱあんとふくらんでくる。空管の根っこにつけてある細紐《ひも》で素早く隅をきつく縛って穴をふさぐと、浮袋ができ上がる。

浅瀬の奥のほうは、張り出した松の大きな枝や、それにからみついている山藤の葉の繁みに覆われた、ほの暗い淵《ふち》になっている。きい坊たちは、両手で浮袋にすがって、やたらに水を蹴たてて、その暗い奥のほうまで泳いでいく。そして、淵に突き出ている岩角に登って、得意そうにあやたちのほうへ手を振って呼ぶ。深い緑色の水の上に木洩《こも》れ日が、ゆがんだ月のように揺れている。

あやたちはまだ泳げなくて、ゆらり、ゆらりと浅瀬に両手をついて水に浮く。川砂利《かわじゃり》が腹をこする。せせらぎがちかちかと日に光る。浅瀬に浮くのに飽《あ》いてくると、三人は、小さい流れの中へ川砂を盛りあげて、今にも崩れそうなトンネルを作る。笹の葉の小舟は、小石にひっかかったりしながらも、砂のトンネルをするりと抜けて、その先の水溜まりに浮かんで止まる。水溜まりの中で、くるり、くるりと廻っているのもある。

「桃、食べようやあ」

とおらびながら、きい坊たちが水を蹴散らして走ってくる。木陰の流れにつけてあったひげ桃にかぶりつくと、冷たい汁がちゅうっと飛び出す。川へ来る途中、長《ちょう》おじのおかみさんが、家の前に繋っている大きな木からもいで、みんなにくれたのだった。

柳の木の虫

山に日が入りかけると、山間《やまあい》は夏でも急に涼しくなる。夏の間、あやの家では天気さえよければ、家の裏へさし出した桟敷《さじき》で夕飯を食べる。桟敷の上は、夕方になると山奥からあらせ（山からの風）が吹いてきて、浴衣《ゆかた》一枚では少し寒いくらいである。

祖父は山仕事から帰ると、釣り竿《ざお》と叉手網《さであみ》を持ってよく谷川へ鮠《はや》を釣りに行く。そして、出かけて間もなく、腹が薄橙《だいだい》色の子持ちも入れて七、八匹釣ってくる。焼くと、海の魚とはちがった、あっさりとした匂いが漂う。祖父は鰻《うなぎ》も釣ってくる。下の小流れにつけてある胴がくびれた籠《かご》の底には、祖父が釣ってきた、大小とりまぜて十匹くらいの鰻が、いつも重なり合ってうねっている。

祖母は、畑から南瓜《かぼちゃ》の葉を二、三枚むしりとってきて、その葉で鰻の頭を俎《まないた》の上へぎゅっと押さえこむ。南瓜の葉の裏には、ちくちくと刺さるひげがびっしりと生えているからか、鰻はじっとしている。錐《きり》の先で頭を俎の上に止められると、鰻は祖母の手首にくるりとからまるけれど、すぐ動かなくなる。祖母は慣れた手つきで、さりさりと音をたてて鰻を開く。大皿に盛ってある分厚い鰻の蒲焼きは食べ飽きない。

夏の夕飯のあと、あやはいつも、柳の木の虫を焼いたのをねだる。祖父は隙があると、川縁《かわべり》を歩いて、大きな古い川柳《かわやなぎ》の根っこのほうに巣くっている蚕《かいこ》にそっくりの虫を、何匹も見つけてとってくる。それを祖母が、七輪《しちりん》の金網に並べて、箸《はし》で転がしながら、狐色になるまで焼く。焼きたてのまだ熱い虫を口に放りこむと、噛むひまもないうちに舌先に溶けて、あとにははったい粉（麦こがし）に似た香りが残る。

「これが米一升、虫一匹いうほどたかいんじゃと。滋養《じよう》があるいうけん、せえだしてお食べな」

と言いながら、祖母は虫を挟《はさ》みあげて、焼け工合《ぐあい》をみる。体が弱い人によく効くというこの虫は、めったに見つからなくて、高価なのだそうだ。金網の上で、焼けて丸っこくなるのを待ちかねていて、焼ける片端から何匹でも食べようとするあやを、祖母は今度は、

「なんぼ体にええいうても、そげに仰山《ぎょうさん》食べると、強すぎるけん」

とたしなめる。祖父は晩酌《ばんしゃく》のご機嫌で、

「村長さんとこの娘《こ》でも、あやのようには食べさせて貰《もら》えんのう」

と笑っている。

祖父は連れを誘って、よく海へも漁に出た。祖父はよく蛸《たこ》を釣ってきた。流しへ放り出しておくと、足を半分くらいにゅっと折り立てるようにして、ずんずん動く。いなくなって探していると、台所の隅の暗がりに丸くなっていたりする。

祖母は笊《ざる》の塩をひと掴《つか》みずつ掴んでは、蛸の頭から足へとまぶしつけていく。祖母の腕に巻きついている足にも塩をすりこんで、ごしごしとしごいて、ぬめりをとる。

頭のてっぺんに針金を通して吊《つ》るしてある丸茹《ゆ》での蛸の足を、あやは祖母にねだっては、一本ずつ削《そ》ぎとってもらってかじる。

祖父が酒の肴にする海鼠《なまこ》の酢のものや、小さい玉筋魚《いかなご》の生の塩漬けもあやは好きだった。

「そげに生臭《なまぐさ》いもんを、二人とも、よう食べらいなあ」

と生臭い魚をあまり好きではない祖母が、眉をしかめる前で、祖父とあやは、

「うまい、うまい」

と笑い合いながら、忙しく箸を動かす。

蛍

　里のほうへ開けている側の空明かりだけをほのかに残して、三方の山々が黒々と暮れると、谷川のふちや、崖《がけ》っぷちの草の底で三つ、四つと蛍が光りはじめる。そのうちに、まわりの暗さが一層濃くなるにつれて、水辺も草原も、数えきれない蛍の光が渦を巻いてくる。

　風呂からあがって、糊《のり》のきいた甚平《じんべい》に着替えたあやは、子ども連れや大人たちに混じって蛍を捕りにいく。てんでに蛍籠《かご》をぶらさげ、桜紙《さくらがみ》を懐《ふところ》にして、暗がりの川縁《かわべり》や草の中へ、足さぐりで降りていく。男の子らは、長い竹箒《たけぼうき》をふりかざして、わあ、わあとはしゃぎ、叫びながら走って、追い越す。蛍は、夜露が降りはじめると、その露を舐《な》めに叢《くさむら》の奥から這い出してくるのだそうだ。

　手の届かない、はるか上のほうを、ぶつかり合いそうな数の蛍が、半円を描いて飛んでいる。あちらこちらの草の中で、ぽああ、ぽああと無数に光っていると、どれを捕ろうかと迷う。それでも、なるたけ大きく光っているのを捕りたいと欲ばって、きょろ、きょろとあたりを窺《うかが》う。

しっとりと夜露が降りている草の茂みへ、そっと両手をつっこんで、草ごとすっとしごきあげて、蛍を両の掌《てのひら》の中へ囲いこむ。掌の中で蛍がかすかに動き、少しくすぐったい。蛍の明かりを指の間から透《す》かして見てから、片方の掌に優しく移して蛍籠に入れる。入れそこねて、ふわっと逃げられることもある。男の子らは大箒をかかげて、飛んでいる蛍を追っかけまわしているが、飛んでいる蛍はなかなか落とせない。

ひときわ大きく光っているのを見つけて、そおっと近づいていくと、急に光りやんで、あとは皆目《かいもく》見当がつかない暗闇になる。しばらく待って窺っていても光らない。諦《あきら》めて、そこを離れてから振り返ってみると、また同じ所で、前にもまして大きくぴかあり、ぴかありと光っている。

「深いとこへ行くと、はめ（蝮《まむし》）がおるけん、気いおつけな。はめに食われたんがもとで、死んだ人もおるんじゃけんな」

出がけに、祖母は必ず念を押して言う。あやたち小さい女の子は、浅い叢を行ったり来たりして、蛍籠を見せ合って、何匹捕ったか数え合う。蛍籠を寄せ合うと、そのまわりが少し明るむ。籠の中に五匹、六匹とふえてきた蛍は、入れてあるすぎなにとまったり、網目を上下へ伝わったりして、尻をぷかぷかと光らせている。桜紙の中へ囲いこまれた蛍が光ると、薄桃色の紙がぽっと透けてきれい。

　川下のほうで蛙が鳴いている。草がびっしょりと夜露に濡れて、甚平の肩先が湿っぽく、ひんやりとしはじめると、子どもらはやっと諦めて、蛍籠をかかげながら、麻裏草履《あさうらぞうり》をぴたつかせて家へ急ぐ。

「蛍は露をやらんと、すぐ死んでしまうけんな」

と言って、祖母は柄杓《ひしゃく》の水を口に含んで、籠の外側から勢いよく吹きつける。籠の網目や、中のすぎなにびっしりと雫《しずく》がつくと、蛍は急に元気づいたように、強く光りはじめる。

　あやは、蚊帳《かや》の中で蛍籠を枕元に置いて、腹這《はらば》いになって蛍を数える。細い徳用ランプの灯では、蛍の頭のほうは見えない。

「家の中へ蛍を放すと、その家に、ようないことが起きるんじゃと」

　祖母が仰向《あおむ》いて寝たまま言う。

淋しくて、怖いはずの山間《やまあい》の夜も、夏の一時期だけは、数知れない蛍の光の乱舞に活気づいて、子どもらは夜の怖さを忘れている。その蛍も、夏も半ばのころになると、急に数が減って、二匹、三匹と光っていても、子どもらは気にとめなくなってしまう。そして、七折峠《ななおれとうげ》のお地蔵さんの祭りが来ると、山の夏も終わりに近づく。

七折峠《ななおれとうげ》の地蔵祭り

七折峠《ななおれとうげ》の地蔵祭りの宵《よい》は、二里、三里と遠く離れた町や村から、日中の残暑を避けて夜参りをする人々が連れだって、あやの家の前の道をぞろぞろと通る。道は、あやの家の上手《かみて》あたりから次第に狭い坂道になり、地蔵堂まではまだ一里はある。地蔵堂は、こちらの村から奥の村へ通じる途中の、七折峠に建っている。

本堂の正面の格子戸《こうしど》に頬をくっつけて中をのぞくと、小さい石地蔵が奥のほうの暗がりに立っている。肩から胸へと垂れている赤い布は色褪《あ》せて、白っぽい。疣《いぼ》がたくさんついている蛸《たこ》の墨絵や、女の人の両の乳房や片目だけを大きく描いた絵などが、お堂の壁、柱、扉と、所かまわず貼り重ねてある。どれも半紙に無雑作に描いてあって、古いのは茶色になって、はたはたと風にあおられて、おおかたちぎれている。桃色の薄絹で作った大きな二つの乳房を貼りつけてある板が、風が吹くたびに柱に当たって、ことん、ことんと鳴っている。

松茸《まつたけ》の時季になると、大谷の人たちは総出で、弁当を持って、この地蔵堂の近くまで松茸を採りにいく。祖母は、おぶったり、手を引いたりしてあやも連れていく。祖母は山へ入る前によくこの地蔵堂へ寄る。本堂の横に据《す》えてある黒い甕《かめ》の中の水を、杓《しゃく》ですくって、にっけしゅ（肉桂酒）の小さい瓶《びん》に入れて持って帰る。

あやの手の甲にぶつぶつとした出来物が出たりすると、祖母はすぐに、にっけしゅの瓶のお地蔵さんの水を小筆に含ませて、出来物の上を何度も撫《な》でて、濡らす。そして、

「お地蔵さん、お地蔵さん、どうぞなおしてつかあさい。お地蔵さんのお水をつけますけん、なおったらお礼にまいりますけん。あやも、はよ、そう言うて、おおがみな。お地蔵さんは、目疣《めいぼ》でも、乳が出んのでも、なあんでも、なおしておくれるんじゃけんな」

と言う。祖母は時々、目がかすむと言って、その水で瞼《まぶた》の上を濡らしている。

ふだんは、山仕事や茸《きのこ》採りに来た人がちょっと腰をおろして一服したり、峠越えの人がやれやれとひと休みするほかは人気《ひとけ》もなく、四囲の山々がうなっているだけである。

それが、祭りのときは、お参りの人でごった返しになる。お参りの往来の人出を当てこんで、あやの家の前の空き地にまで露店が並ぶ。臭いアセチレンの明かりの下で、梨や葡《ぶ》

萄《どう》を山に盛って売っているおばさん。高い台の上を水びたしにして、夏の名残りの赤い氷水を商《あきな》っている、腹巻きに向こう鉢巻《はちま》きのおじさん。太鼓饅《たいこうなぎ》を錐《きり》の先で素早く裏返しては、枯れ草色に焼きあげていくおばあさん。あやは祖母に五銭白《はく》銅貨をねだって、何度もこの太鼓饅を買いに行く。焼きたての太鼓饅は紙袋を通して、ほこ、ほことぬくい。かぶりつくと熱い粒餡《つぶあん》がとび出す。太鼓饅の甘味に飽きると、次は、にっけしゅを買う。小さいコルクの栓《せん》を抜いて、ガラス瓶の細い口からちゅっ、ちゅっと吸うと、肉桂《にっけ》の香りがつうんと鼻にくる。

峠の地蔵堂の境内《けいだい》では、崖《がけ》を崩して作った広場に芝居小屋がかかっている。小屋の前に敷きつめた筵《むしろ》に座りきれない人は、山の木の枝にまたがったり、木箱を重ねた上へのったりして見ていた。

あやは、祖父の肩車にのって、大勢の人の肩越しに舞台を見ていた。三味線がぴんぴんと鳴り出すと、髪を逆だて、目の縁を真っ赤に縁どりをした男が、どどっ、どどっと足音荒く、左手の花道から出てくる。男は、花道の途中で、思いきり開いた片方の足で、ととん、とんとんと床板を踏み鳴らし、目玉を大きく剥《む》いて、掌《てのひら》をぱっとひろげる。筵の上に酒瓶を据《す》えて、重詰《じゅうづ》めの肴《さかな》をつつきながら見ていた人たちが、箸《はし》や盃《さかずき》をおいてぱちぱちと手を叩き、何かわめく。役者の真っ白い顔の中で、大きな口と目が交互にぱくぱくと動く。

芝居の幕の間には、伊予万歳《いよまんざい》が出る。

「さよう、にいさあ」

の掛け声で始まるお囃子《はやし》に合わせて、小学校五、六年生くらいの男の子が十人、両手に持ったぼんでん（細くて短い筒の両端に、色とりどりの細い布がついている）を、自在に振りながら勇ましく踊る。派手な着物に、揃いの青い手甲脚絆《てっこうきゃはん》。鼻すじを白く通して化粧した顔に汗が流れるのか、踊りながら手の甲でちょっと拭いている子もいる。踊りの途中で、上に着ている衣裳《いしょう》がはらりと取れて、下から違った衣裳が現われる。踊りながら、手品のような早さで衣裳が二度も三度も変わっていくのを、あやは、まばたきもしないで見ている。そして、祖父の肩の上で、踊り子の調子に合わせて体を揺すぶる。

お参りした人が立てた大小の幟《のぼり》が、本堂の前から横手へ並び、正面の大きな石の線香立てに束のまま立てた線香が、もうもうと燻《いぶ》りながら燃えている。横の広縁《ひろえん》も、新しいほうの広間も、お茶を飲んだり、弁当を開いている人たちで、ごたついていた。

お堂の裏の崖っぷちに立って下を見おろすと、木立の間から、奥の村の段々畑や、藁葺《わらぶ》き屋根が見え、その間を、細い白い道が、さらに奥の山のほうへうねうねと続いているのが見える。

鼠《ねずみ》の刺身

お地蔵さんの祭りがすむと、一時《いっとき》ひっそりとする。が、子どもらはまた、目新しいものを見つけて遊ぶ。

道の端や、野井戸のわきに茂って、夏の間じゅう、赤や白のラッパ型の小さい花をつけていた白粉花《おしろいばな》も、今は、大豆粒ほどの大きさの実が黒く色づいている。ころころとしたその実をとり集めて、石のくぼみの中で、小石で丁寧につぶすと、中から白い粉が出てくる。それを指先につけて、顔中へやたらに塗りたくる。そして、お互いのお化け顔を見合っては、笑い転げる。

すうちゃんの家の広い前庭にも、あやの家の前の空き地にも、隙間なくひろがって、夏の日中、あざやかな花毛氈《はなもうせん》を敷きつめていた日照り草も、花が小さくなり、数が少なくなってくる。日照り草の花びらを水に溶かした赤や黄色の水は、夏のままごとの主役だった。日照り草が萎《しな》びてちりちりと乾いてくると、代わりにコスモスの花が風に吹かれはじめる。

すうちゃんの家の、腰が折れそうに曲がっているひいばあさんが、鶏頭《けいとう》の花の下で鼠《ねずみ》の刺身を作るようになるのも、そのころである。

ひいばあさんの手や顔には、大小幾つもの痣《あざ》がこびりついていて、大きな耳たぶと、たるんだ頬は、いつもたぷたぷと揺れている。衿口《えりぐち》からのぞいている垂れ乳は、ぺちゃんこで長い。飼い猫のミイが鼠をくわえてくると、ひいばあさんはすぐに、その鼠を大石の上に横たえて、尻のほうから皮を剥《は》いでいく。頭のほうは残したままで、尻や背の肉を小刀で薄くそいで、手早く刺身にする。切り口がきれいに揃っている赤黒い色の刺身を、ひいばあさんは、口をもぐつかせながら、ひとつ葉《ば》（葉蘭《はらん》）の上へ、少しずつずらせて並べる。前にしゃがんでいる子どもらは、いつものことながら、みんな黙りこくって、ひいばあさんの手元をじっと見ている。鼠は、小さい木の実のようなつぶらな黒い目を開いていた。

「ミイや、ミイや」

ひいばあさんは、心持ち腰をのばして、そこいらに見えない猫を呼ぶ。ほっとしたような顔で立ちあがった子どもらも、一緒になって猫を呼ぶ。

「夏は、鼠の刺身もすぐに腐ってしまうけんのう。これから、ええ時季になるけん、楽じやわい」

と言いながら、ひいばあさんは鶏頭の下葉を二、三枚ちぎりとって、それで小刀の刃と柄《え》を丁寧に拭く。小刀の刃はいつも光っている。

涼風が立つころから、雪がちらつきはじめるまで、ひいばあさんは、歯のない口のまわりの皺《しわ》を一層深めて、少し首を振りながら、たいてい一日一回は、大石の上で鼠を料《りょう》る。

「賽《さい》の神《かみ》の、すべりっこんへ、行こうやあ」

春坊が急に大声で呼んで賽の神のほうへ走り出すと、あやたち三人の幼い女の子らも、つられて走りだす。家から少し下《しも》にある賽の神には、山裾《やますそ》に、見すごしてしまいそうな小さい石地蔵が立っている。その横の山の斜面は、赤土が肌を現わしていて、木が生えていないから、子どもらはそこで、いつも山滑りをする。

あたりの背の低い松の小枝を折ってきて、それを尻に敷いて、禿山《はげやま》の斜面を一気に滑りおりる。春坊ときい坊は、何か叫びながら土煙をあげて、長い急な斜面を勢いよく滑っていく。女の子らは、緩《ゆる》やかなほうの坂を、足で蹴り蹴り、こわごわ滑る。

おぼつかない足に力を入れて登っては、滑り落ちていく。繰り返しているうちに、松の葉が土にまみれてすり切れてしまう。と、また小松の中へもぐって新しい小枝を折ってくる。草履《ぞうり》、おかっぱ髪、耳の穴と、体中にざらざらとした土の粉が吹いてきて、滑ったあとの山肌が白い帯になっている。

女の子らは、すべりっこんに飽きると、滑った山裾に溜まっている白っぽい土の粉で、ままごと遊びをはじめる。谷のくぼみの水を大きな木の葉に掬《すく》いあげてきては、土に混ぜて捏《こ》ねる。捏ね土でこしらえた小指の頭ほどのお碗《わん》が、石の台の上に三つ、四つと並ぶ。どんぐりの青い実や、茱萸《ぐみ》の赤い実を採ってきて、その土碗にのせると店屋ができあがる。あやは柿屋になり、すうちゃんは栗を売る人で、しげやんが買う人になる。

「この柿ひとつ、なんぼするんぞな」

「ええ、ひとつ、二銭ですらい」

あやは、つやつやしい紅色の丸い木の葉のお金を受けとり、

「ほんじゃあ、おつりをあげますけん」

と黄色く色づいた小さい葉っぱを一枚渡す。薄《すすき》の穂で店先を掃いたり、茱萸の実を盛り

直したり、ほかに何かめぼしい物はないかと、灌木《かんぼく》の間をごそごそと探したり、お店ごっこはなかなか忙しい。

山の端に日が入りかけ、頭の上のほうで、

「ガッ、ガッ」

と何かの鳴き声がすると、あやたちは、急に陰《かげ》ってきた日脚《ひあし》に気づき、何もかも放ったらかして、一目散に駆けて家へ帰る。

松茸《まつたけ》山

つやつやと光っていた薄《すすき》の若穂がいつのまにか闌《た》けて、鳥の和毛《にこげ》のようにふわふわとしてくるころ、山にはいろいろな茸《きのこ》が出はじめる。まずはじめに初茸《はつたけ》が頭をもたげてくる。雨上がりに、葉が黄ばんだはげしばりの木の下の窪《くぼ》みなどに、湿った枯れ葉をもちあげて、紫がかった茶色の、じょうご型の傘をひろげている。

祖母は、初茸を茶漬けにする。濃い味に煮つけた初茸を、炊きたてのご飯の上にたっぷりとのせて、熱い番茶を注いで、さらさらとかきこむ。初茸の舌触《したざわ》りはぬめぬめとしているが、噛むと、こりっとした歯ごたえがある。初茸の味を番茶の香りが包んでうまい。

「匂《にお》い松茸《まつたけ》、味《あじ》しめじちゅうが、初茸のお茶漬けのほうが、よっぽどうまいなあ」

と言いながら、ふだんは小食《こじょく》な祖母が、初茸の茶漬けだけは、うまそうに、ざふざふと音をたてて食べる。あやも小さい茶碗《ちゃわん》に何杯も食べる。そんなあやに祖母が、

「そげに食べると、腹の中へ初茸が生えてくるぞな」

と言う。言ってから祖母はくっくっと笑って、また初茸を食べている。

初茸の次には茶茸《ちゃたけ》が出る。高い桧《ひのき》の下の、からからに乾いた山肌の斜面に、まっ黄色い大豆粒くらいの頭を出す。祖母は隙を見つけては、あやを連れて近くの桧山へ茶茸を採りにいく。小笊《こざる》に一杯くらいはすぐに採れる。茶茸は汁の具にする。匂いも味もあっさりとしている。

初茸、茶茸が終わるころ、白い布引茸《ぬのびきたけ》や、鼠茸《ねずみたけ》が出はじめる。布引茸は煮つけても、乾いた舌触りでさほどうまくない。くすんだ灰色の鼠茸は、煮つけたのが大鉢《おおばち》に山盛りにしてあっても、その形が鼠の足によく似ているのが気になって、あやは箸《はし》をつけない。

いろいろな雑茸《ぞうたけ》が終わるころ、山は松茸の盛りになってくる。男手だけでは間に合わないから、女連れも、柳行李《やなぎごうり》の弁当箱を腰に縛りつけて、茸採りや山番に出かける。身内だけが四、五軒住んでいるこの大谷では、大きな仕事はいつも総出で片づける。祖母はいつも、あやを山へ連れていく。山の木の下に敷いた羊歯《しだ》の上へ腰をおろして、大人たちに混じって弁当を食べるのが、あやは大好きだった。大人たちが松茸を採っている間は、弁当箱や衣類、竹籠《たけかご》などが置いてある所から、あまり遠くへは行かない。一緒に来ているすうちゃんたちと、木々の間をくぐって、黄色い苺《いちご》や、熟して黒ずんできた山葡萄《やまぶどう》などを探す。

ふだんは森閑《しんかん》としている七折峠《ななおれとうげ》の地蔵堂の横の山にも、十歩も入らないうちに、大きな松茸が傘を重ね合わせて、びっしりと生えている。

「エスは利巧《りこう》なけんなあ。こげに仰山《ぎょうさん》生えとっても、一本でも踏んだりはせんけんなあ。ぴょん、ぴょんと上手にとび越えていくけん。亀さんとこのクロなんか、知らん顔でぐじゃ、ぐじゃ踏んでいくんぞな」

と祖母はついてきた飼い犬のエスを賞《ほ》めておいてから、

「こげに、ひと所に仰山生えとるんも、また、めったにないなあ。美事《みごと》なもんじゃわい」

と松茸を賞める。

「おおかた、畳三畳分はあるのう。採るのが惜しいのう」

「このまま、置いときたいのう」

などと言って、大人たちは松茸を眺めていて、なかなか採ろうとしない。

木々の間を歩きまわって遊んだあやは、群生している松茸の横の枯れ葉の上へ寝転がる。

松茸の香りが、ふわあっと体の上を流れていく。寝転がったあやを見つけて、エスがすぐにじゃれつきにくる。

松茸の盛りには、里の若い男を雇って、一日に大きなバナナ籠に二十杯くらいの松茸を、天秤棒《てんびんぼう》をしなわせて、山から担《にな》い出す。里や町から大勢の仲買人《なかがいにん》が朝早くからやってきて、縁台や筵《むしろ》に腰をおろして、煙草をすったり、世間話に大笑いをしたりして、山から担い出される松茸を待っている。

担い手たちの、よっしゃ、よっしゃという調子の合った掛け声が、山道のほうから聞こえてくると、仲買人たちはめいめい、竿秤《さおばかり》や皿ぎんりょ（皿秤）を掴《つか》んで、いっせいに腰をあげる。

松茸はすぐに、大谷の男女総動員で選り分ける。開き、つぼみ、虫入りと分けられた松茸が、広庭の何枚もの筵の上に、みるみる山になっていく。仲買人たちは、どれを買おうかと、筵の間を気忙《きぜわ》しく往来して、品定めをする。早々と決まった人は、大黒《だいこく》の絵が手垢《てあか》で汚れているテント地の、長い財布に手をつっこんで銭《ぜに》をじゃらつかせ、勘定元《かんじょうもと》の長《ちょう》おじに松茸代を払う。そして、松茸をぎっしりと詰めた大籠を自転車の荷台に縛りつけて、危なっかしく揺れながら坂道を下っていく。天秤棒で担っていく人、背中へしょっていく人など、仲買人たちは競争で里や町へ急ぐ。長おじは、一升枡《ます》にいっぱいになっている銭勘定に忙しい。

祖父やほかの男たちは、すうちゃんの家の台所に入って、まず一杯と、焼き松茸をつまんで、コップ酒を飲む。子どもらは、松茸の入った握り飯を丼鉢《どんぶりばち》に入れてもらう。

湿って形がくずれかけているのや、柄《え》に虫が入っていて売り物にならない松茸を、子どもらにも手伝わせて手早く筵の上へ並べて干すのは、女の人たちの仕事である。この松茸は天日に干してよく乾かし、大きな缶にしまっておく。鮨《すし》や、混ぜ飯を作るときなどに、これを水に戻すと、また松茸の香りが立ってくる。山ではこの干し松茸を一年中使う。

松茸の盛りが過ぎて、人の出入りも幾分少なくなってきたころ、大谷の男女、子ども総出で、山へ登って、一日骨休みをする。男の人たちは、料理の材料や食器などを籠に入れて、山の中腹の平地まで担っていく。女、子どもはそれぞれ、炊事道具を運ぶ。

男の人たちは山へ着くとすぐ、がさがさと羊歯《しだ》をかき分けて横手のほうへ入っていく。入っていったかと思っているうちに、もう、しょい籠に松茸をのぞかせて帰ってくる。あやの手では握りきれない柄の太い松茸が、筵の上に山盛りになる。それを片っ端から取って、松茸づくしの料理にとりかかる。子どもらは枯れ枝を拾い集める。三つ並んでいる急ごしらえの石組のかまどの口から、煙がぼうぼうと出ている。あやはそのうちに枯れ枝拾いはやめて、熟《う》れて黒くなっている山茄子《やまなす》の小さい実をもいで口へ放りこんだり、さるとりいばらの刺《とげ》の間にもぐって、山葡萄《やまぶどう》の実を採ったりした。男の子らは、枝からぶらさがっているおめっちょ（あけびの実）をもいで、ぺっぺっと種を吐き散らして、うまそうにかぶりついている。

「おおい、ごっつお（ご馳走）がでけたぞお」

と誰かが大きな声で呼んでいる。子どもらは、刺にさされるのもおかまいなしに、慌《あわ》てて、灌木《かんぼく》をかき分けて這い出してくる。

筵の上に、胡坐《あぐら》をかいたり、座ったりして、二十人余りの一族が輪になる。大きな弦鍋《つるなべ》に松茸汁がこぼれそうに、ぐずぐずと煮立っている。肉と松茸の炊きこみ飯、蕪《かぶ》と烏賊《いか》と焼き松茸の酢の物、焼き松茸、松茸のてんぷらなどが並んでいる。あやは祖母の横に座って、焼き松茸ばかりをねだる。

あやの手首より太い松茸の柄は、生《なま》焼きにして縦に裂くと、裂き目が白い絹の色に光っている。生《き》じょう油をつけた焼き松茸を、口いっぱいにほおばって噛むと、ほの甘い汁がじゅうっと口中に溜まってきて、とめどもなく食べたくなってしまう。松茸飯に飽《あ》いているあやは、松茸の少ないところを、よそってもらう。女の人たちは給仕も忙しい。酒がまわって酔ってきた男の人たちは、みんな目がへこんでいるように見える。お互いに、伸びた無精髭《ぶしょうひげ》をなでながら、

「松茸時季は、痩《や》せてしまうのう」

「わしゃあ、もう三貫目痩せたけんのう」

「これで、分市《ぶいち》でもすみゃあ、やれやれじゃわい」

などと話し合っている。すうちゃんの兄ちゃんは、腹いっぱい食べるともう、草を枕にして仰向《あおむ》き、気持ちよさそうに大鼾《おおいびき》をかいて寝ている。

頭の上のほうを、何かの鳥が鳴きながら飛んでいく。青い空が木々の枝の間から、高く透《す》けて見える。

秋の終わり（分市《ぶいち》）

山の松茸《まつたけ》の時季も終わりに近づいて、町から毎日来ていた大勢の仲買人《なかがいにん》も来なくなり、山懐《やまふところ》は元の静けさに戻った。それでも、祖母は飽きもせずに、近くの山へ入っては、しめじ、黒《くろ》こ、づべぞう茸《たけ》などの雑茸《ぞうたけ》を採ってきた。黒こは、まっ黒い茸《きのこ》で、灰汁《あく》抜きをして酢の物にすると、歯ごたえがあり、ほろ苦《にが》くてうまい。あやはその苦みが好きだった。

松茸の出も、いよいよ終わりというころ、一人五十銭くらいで、一般の人を自由に山へ入れる分市《ぶいち》を開く。

分市の日は、朝六時の山開きに、もう四時ころから町や里の人たちが、懐中電灯や提灯《ちょうちん》を持ってやってくる。すうちゃんの家の前庭に溜まった人たちの話し声が、がやがやと喧《やかま》しくなってくる。あやは、眠い目をこすって起き出す。祖父も祖母も、札売《ふだう》りや銭勘定《ぜにかんじょう》に行ったのだろう、家にいなかった。硝子《ガラス》戸ごしにのぞくと、広庭の暗がりにたくさんの灯が動いている。長《ちょう》おじが、高張提灯《たかばりぢょうちん》のそばの縁台にのって、何か大声で話しはじめる。山へ入ってからの火の用心のことを言っているらしい。あやは眠くて、また蒲団にもぐりこむ。

　家の前を大声で話し合いながら行く大勢の足音に、あやはまた起き出す。夜明け前の、黒々と横たわっている山の中腹のほうまで、もう、蛍火のようにちらつく灯が続いて登っていく。

「生えとる松茸を踏みつけとってもわからん人は、山の上のほうへばっかり急いで登りたがるんよ。松茸は上のほうにばっかり生えとるとは限らんのになあ」

　と祖母が笑って話していたけれど、町や里の人たちは、競争で上へ上へと登っていくのだそうだ。そういう人たちは、松茸はあまり採れないという。山へ入ったかと思うとすぐ、しょい籠《かご》いっぱい採って戻ってくる人もいる。そういう人は、もう一度札を買って、また山へ入る。お昼すぎまでねばっても、二、三本しか採れなかった人は、

「ほんでも、松茸狩りだけはやめられんけんなあ。楽しみでなあ」

　と言って、たくさん採った人から売ってもらって機嫌よく帰っていく。

　あんなに毎日、松茸採りが仕事だった祖母とかいしゃんは、まだ、

「うちらも、ちょいとのぞいてみるかなあ」

「汁のぐう（実）ぐらいは、採れるかもしれんぞな」

と誘い合って、人出がとだえた昼過ぎから、山へ出かけていった。

分市を二度やると、山の秋はすっかり深まる。時季遅れの松茸や雑茸を一本、二本と見つけるのを楽しみにして、里から二人、三人と来ていた人も来なくなる。


夜、裏のトタン廂《びさし》に落ちた栗が、からからと転がる音が聞こえる。あやは毎朝、起きぬけに裏へ出てみる。昨夜落ちた栗の実が、あちらこちらに夜露に濡れて光っている。毬《いが》の口が半分くらい開いているのを見つけると、あやは、毬の端を草履《ぞうり》で踏んで、開いた口に小竹をさしこんで、ぐいとこじる。と、丸い実がたいてい三つ、転がり出る。

裏の栗の木山は長おじが若いころに、山を開いて植えたのだそうだ。大きな丹波《たんば》栗である。長おじのおかみさんや祖母などの女連れは、深い笊《ざる》を抱えて、毎日栗拾いに行く。

あやたち女の子は、山裾《やますそ》の萱《かや》の陰や落葉の下に見えかくれしている裸の栗の実を見つけては、大声で呼び合う。

「生栗《なまぐり》は強いけんな。でんぼ（できもの）が出るけん、食べられんぞな」

栗拾いに行くとき、祖母はいつもあやに言いきかせる。歯が丈夫な人は、特別に大きな栗を見つけると、その場で、がきっと歯をたてて堅い皮を剥《は》ぎ、渋皮《しぶかわ》も前歯でかりかりとこそげとって、その渋をぺっぺっと吐いては、クリーム色の実をがりがりと噛み砕く。口の端から乳色の汁をにじませながら。

あやたちが栗拾いに飽きるころ、祖母が山の中腹の棗《なつめ》の実をもいでくれる。濃紅《こいくれない》に色づいた棗の実は、さくさくとしていて、りんごの味に似ている。それを、一つずつポケットから取り出して口に放りこみながら、あやたちは次は、じゅじゅ玉を採りにいく。じくじくとした湿地に茂っているじゅじゅ玉の、大豆粒くらいの実は、灰色に熟してぴかぴかと光っている。もいで掌《てのひら》に入れて振ると、ちゃり、ちゃりと堅い音がする。その実の小さい穴に針をつっこんでつつくと、反対側の穴から、細かい藁屑《わらくず》のような芯《しん》が出てくる。

じゅじゅ玉が小笊《こざる》に溜まると、祖母は、穴へ細い針金を通して、小さい手提《てさ》げや、首飾りを編んでくれる。あやはその首飾りを胸にちゃらつかせ、小さい手提げを振って、よそ行き気取《きど》りでままごとをする。じゅじゅ玉の手提げと首飾りは、あやの宝物である。

お亥《い》の子さん

「てびおどろかしが来るけん、もうすぐ寒ならいな」

独り言を言って、祖母は柳行季《やなぎごうり》をひっくり返して、綿入れのでんち（ちゃんちゃんこ）や羽織を出している。祖母の横で、去年着たでんちに手を通しながらあやは、

「てび、て、なに」

と祖母にきく。

「てびかな、てびちゅうのは、お針（裁縫）が嫌いな人のことを言うんぞな」

「ふうん」

「てびは、お針仕事が嫌いじゃけん、冬の蒲団も作らんうちに、急に寒なってしもて、たまげて、おお寒、おお寒言うて、急いで蒲団の用意なんかするんじゃと」

「ふうん。てびて、おとろしいん」

「なんでえな。お針の嫌いな人のことじゃけん、おとろしいことなんか、ないんぞな」

言ってから、祖母は、おかしそうに笑っている。

朝晩、綿入れのでんちが離せなくなるころ、お亥《い》の子さんが来る。陰暦十月の亥《い》の日である。晩に、お亥の子さんを搗《つ》きにやってくる里の子どもらにふる舞う駄菓子や、砂糖木を買いに、祖母は朝のうちに里の雑貨屋へ出かけた。

砂糖木は噛みやすいように、二節《ふたふし》くらいに切って、大根や人参と一緒に大きな盆に盛り、十銭玉をくるんだ紙包みとともに、神棚に飾っておく。

その日は早めに風呂に入って、花柄《はながら》モスリンのでんちを着たあやは、戸口を出たり入ったりして落ちつかない。すうちゃん、しげやんと連れだって、大ばあさんの家の下《しも》まで行って、里のほうを透《す》かして見たりして、お亥の子さん搗きが来るのを待っていた。待ちくたびれた春坊ときい坊は、祖母から貰《もら》った砂糖木を噛み裂いて、じゅう、じゅうと出る汁を吸っている。

「遅いなあ。なんぼ何でも遅すぎるけん、もう、来《こ》んのかもしれんぞな」

と祖母が言っているうちに、大勢らしい、がやついた人声が、下《しも》のほうから聞こえてきた。

「わああ」

と言って、子どもらはわれ先にと、下のほうへと走り出す。

絣《かすり》の着物にでんちを着た男の子たちが、お亥の子さんの石を、ごろん、ごろんと引きずり、そのあとから里の子らが大勢、しゃべりながら近づいてくる。

「こんばんは。お亥の子さんを搗きに来ましたけん」

と年かさの子が少しはにかんで挨拶をする。ほかの子らは、その子を囲んで恥ずかしそうに笑っている。

「とわい（遠い）のに、しんどかっとろがな。ちぃと、休んでから搗いてもええぞな」

と祖母が言い終わらないうちに、もう、

「それえ、つけゃあ、いち、にい、さあん」

と年かさの子の合図で、お亥の子さんを搗きはじめる。

あやの腕でひと抱えくらいある丸くて平たい石の胴に、鉄の輪がはまっている。その輪のまわりに、また幾つもの小さい鉄の輪がぶらさがっていて、それに結びつけてある幾本もの綱をめいめいが持って、歌に合わせていっせいに引っぱる。広い土間を、ぐるりん、ぐるりんと廻りながら綱を引くたびに、重い亥の子の石が軽々と宙に浮く。

お亥の子さんという人は
いいちに　俵《たわら》　ふんまえて
にいで　にっこり笑《わろ》て
さあんで　酒　作って
よっつ　世の中よいように
いつつ　いつものごとくなり
むっつ　無病息災《むびょうそくさい》でえ
なあなつ　なにごとないように
やっつ　屋敷を買いひろげ
ここのつ　小倉《こくら》をたてならべ
とおで　とうとう　おさまった

えんやらえっとう　えんやら　えっとう……

みんな、声をはりあげて歌いながら、力いっぱい綱を引っぱって、どすん、どすんと土間へお亥の子の石を搗きおろす。

亥の子お　亥の子お　今夜の亥の子お
祝わんもんは　おおに（鬼）か　じゃあ（蛇）かあ
角《つの》のはえた子お産め
えんやらとっと　えんやらとっと……

ついてきた里のほうの子どもらも、ぐるりととりまいて、えんやとっと、えんやとっとと手拍子ではやしたてる。あやは、お亥の子さんに近づきたくてうろうろするが、搗いている男の子たちに気《け》おされて、近くへ寄れない。石を搗きおろすたびに、地ひびきがする。

「さあ、みんな、くたぶれとろ、ひと休みおしな」

と言いながら、祖母は、供えてあった十銭玉の包みを年かさの子に渡し、せんべいや飴《あめ》、砂糖木などを、ついてきたほかの子どもらも入れて、みんなに配る。喉が渇いているふうで、みんなはすぐ砂糖木を横ぐわえにして、しゅう、しゅうと汁を吸う。搗いていた男の子たちの額に汗がふいている。あやも、すうちゃんやしげやんと上がりはなに腰を掛けて砂糖木の甘い汁を吸った。

亥の子は、男の子だけが搗く。男の子たちは、前日に自分たちの部落の亥の子の石を注《し》連縄《めなわ》で飾り、小蜜柑《みかん》や野菜を供え、灯明《とうみょう》をあげてお祭りしておく。翌日、学校は半日で、昼すぎから家々を廻って搗く。家ごとに三銭、五銭とお礼を貰い、供えてあった小蜜柑を二つずつ、家々へ置いてくる。部落を廻ってしまったあとは、子どもらだけで、混ぜ飯を炊いて食べ、余ったお金は学用品を買って分ける。

「お亥の子さんを搗いてもらうと、その家は病気が来《こ》んちゅうけんなあ」

誰にともなく言って、祖母は、搗いたあとの土間のごみを掃きよせていた。

「倉《くら》のある家へ行くと、倉に米入れ、倉に米入れ言うて歌《うと》て、倉のまわりを何遍でも廻るんぞな。金持ちの家で十銭ももらおもんなら、そりゃあ、大はりきりぞな」

余っていた砂糖木をー本あやに握らせて、祖母はあやと並んで上がり框《がまち》に腰をおろして、きれいになった土間を見ている。

亥の子搗きのときに居なかった祖父が帰ってきた。そして、

「ほう、こりゃあ、だいぶへっこんだのう」

と土間の真ん中あたりの、くぼんだ土を地下足袋《ぢかたび》の足で、とんとんと踏む。あやもとんでいって、祖父のまねをして、くぼんだところを踏んでみる。あやのお尻がすっぽりと入りそうな穴である。

「これで、小亥の子が来りゃあ、ほんとに寒なるけんなあ」

と祖母は祖父にちぐはぐな返事をしていた。

祖母が、とうきび（とうもろこし）のひげと皮で作ってくれた、赤い手絡《てがら》の姉様人形を空き箱にいくつも並べて、人形ごっこをはじめるころ、山は冬へ移る。

あやは、山ではまだ珍しい徳利首《とっくり》の毛糸のセーターを着て遊んでいる。セーターは、焦《こげ》茶色の地の胸のあたりに、薄緑色の横縞《しま》が三本入っていて、どこかで見た蝶の羽の模様に似ていた。

「あやちゃんはええなあ。かあちゃんがふたありも、おるんじゃけん」

よそのおばさんが、あやのセーターを撫《な》でながら言う。

「ほんでも、年いってから産んだんなら、これくらいの子わらい（子育て）は、普通じゃけんなあ。ますねえさんも、孫にかかるんで、ちょうどええぐらいぞな」

と今度は祖母に話しかけている。祖母は
「ほうよなあ」

とだけ言って、

「はよ、表で、おてんとさんにあたってお遊びな」

と笑った顔であやに言う。あやはいつも祖母を、

「かあちゃん、かあちゃん」

と呼んでいる。

あやは、セーターの胸を、両手でぽんぽんと叩《たた》きながら、表へ走り出していく。

山の道

昭和四年四月、あやはこの春、小学校へあがる。

この間、祖父が町へ行って買ってきた黒い別珍《べっちん》の肩掛け鞄《かばん》が、部屋の柱の釘《くぎ》に掛けてある。その表蓋《おもてぶた》のリリヤン刺繍《ししゅう》の桃色の小花が三つ、四つ、外からの光の加減で薄青色に変わって鈍く光る。

あやは一日に何度も、少し爪先《つまさき》立って、その鞄を釘からはずす。そして、短い服の裾《すそ》から両方の膝小僧を出して行儀よく座り、鞄の中のものを出して畳の上へ並べる。

鴇色《ときいろ》のセルロイドの鉛筆入れ、茶色の軸《じく》の鉛筆三本と白い消しゴム。読み方と算術の教科書、薄い帳面二冊。

読み方の教科書は、カルタとりでいつとなく覚えたカタカナで書いてあるから読みやすい。ハナ、ハト、マメ、マス、ミノカサ、カラカサと、あやは人差指で一字ずつを、おさえながら、体を揺すり、調子をとって読む。

小学校は、山懐《やまふところ》にあるあやの家から、深い山間《やまあい》の道を一里半（約六キロメートル）ほどくだった下《しも》の村にある。その山懐から小学校へ通っているのは、六年生のトミさんとキヨミさん、四年生の春坊ときい坊の四人だった。

「行きは、みんなと一緒じゃけん、ええけんど、もどしはひとりじゃけんなあ。当分迎えに行かにゃいかんぞな」

「うん、まあ、ひと月やふた月は、行ってやらにゃ、いくまいぞえ」

と祖父と祖母が話し合っている。一年生のあやが、六年生のトミさんたちの授業が終わるまで待っていたのでは遅くなってしまうから、慣れてひとりで帰れるようになるまでは、学校へ迎えに行かなければ、ということだった。

春先になり、少し陽気立ってくると、あやの耳は奥のほうからじっとりと湿ってくる。

「あやは、じゅる耳じゃけん、学校へあがるまでに治しとかんといかんけんなあ」

と祖母はあやの手をひいて、近くの小流れへ沢蟹《さわがに》をつかまえに行く。崖《がけ》下をちょろ、ちょろと流れている澄んだ水底の小石を、そっと動かすと、あやの小指の爪ほどもない甲羅《こうら》の蟹《かに》が二、三匹、水をほんのり濁して這い出してくる。祖母は素早くつまんで、小さいガラス瓶《びん》に入れる。薄いもみじ色や紅色の蟹の甲羅が、耳たぶのような柔らかさに見えて、瓶の縁へ這《は》い上がろうとする細い脚が、日の光に透《す》けている。

捕ってきた五、六匹の沢蟹を、祖母は白い木綿《もめん》布にくるんで俎《まないた》の上にのせて、包丁の背でこつこつと軽く叩《たた》く。潰《つぶ》れた蟹を布ごとしぼると、乳色まじりの薄赤い汁が、ほんの少し、小皿にたまる。祖母は、自分の膝へ横向きに寝かせたあやの耳の穴へ、脱脂綿《だっしめん》に含ませたその汁を、三本指でしぼって、たらしこむ。頭の芯《しん》がぞくっとする冷やっこさに、あやは首をすくめる。そのうちに、耳の奥が、指をつっこんで掻きむしりたいくらいに、むず痒《かゆ》くなってきて、あやは、祖母の手を払いのけて、飛び起きてしまう。

風呂場で、尻を後ろへつき出してうつむかせたあやの頭を、祖母は片腕の中へ抱えこみ、もう片方の手に、煮溶かしたどろどろの布海苔《ふのり》を掬《すく》いあげて、あやのおかっぱ髪にぬりつける。そして、五本の指で髪をしごいて揉《も》む。粘りついた布海苔を根《こん》よく洗い落としたあとに、次は、卵の黄身を万遍《まんべん》なくなすりつけて、また、ひとしきり髪を揉む。髪にしつこくへばりついた黄身は、何度濯《すす》いでも、薄い泡が立ってきて、少し生臭《なまぐさ》い。そのうちに、あやは、もぞもぞと尻を動かしはじめる。

「も、ちいとじゃけん、我慢おしな。学校で臭い頭しとったら、みんなが顔しかめるけんな」

なだめながら祖母は、最後に、手桶《ておけ》に残っている湯を全部、あやの後ろ首すじから勢いよく流しかける。

あやの頭にタオルをかぶせて、ごしごしとこする祖母の両掌《て》の中で、おかっぱ頭がでこ（人形）のかしらのように、ぐらぐらと揺らぐ。半乾きになったあやの髪を、祖母は自分の頭から抜きとった櫛《くし》でとかしつける。

「さあ、さっぱりしとろがな」

と、祖母が言い終わらないうちに、あやは外の明るい日射しの中へ走り出る。

「ええお髪《ぐし》をしといでるなもし。おしょぼさん（日本人形）の髪みたいに、きれえに光っとるがな」

あやは、見知らない人から、よく髪をほめられる。

あやの受持ちは川島ハナヨ先生。満開の桜の花が散りはじめている校庭で、列の先頭に並んでいるあやは、前に立っている先生の顔を下から見あげる。隙間なく塗ってある白粉《おしろい》で、丸い大きな先生の顔は、正月のお供え餅に目鼻をつけたように見える。西瓜《すいか》の種の形をした小さい鼻の孔《あな》が、お辞儀をした形に、向き合っている。鼻の孔の奥は毛がつまっていて昏《くら》い。並んで立っている隣の組の若い男の先生と話し合って笑うとき、乾きぎみの口紅で少しつっぱっているおちょぼ口が、一層小さくすぼむ。丸っぽい鼻の頭に、うっすらと汗がにじんでいたり、まつ毛に白粉のかけらがこびりついていることもある。大きくふくらませた耳隠しの髪型だから、耳は見えない。茄子紺《なすこん》色の袴《はかま》の襠《まち》の間から入れた手を、袴の襞《ひだ》の下で動かしながら、夢中で話をしていると、二重顎《あご》の下の二、三本の皺《しわ》がゆるい波になる。

「先生がお言いるにはなあ（言われるには）、あやは、一時間目、二時間目ごろは、いっしょけんめい先生のお話を聞いとるんじゃと。それが、三時間目から元気がのうなってきて、教室の外ばっかり気にしだして。そのうちに、しくしく泣きだすんじゃと。迎えに来てくれるんかどうか思《おも》て、そのことばっかりが気になるんじゃろ。先生がなんぼなだめても、泣きやめんので困る言いよいでたい。なん言うても、とわい（遠い）けんなあ。まだ無理じゃろ」

といっきに話す祖母へ、

「まあ、当分、迎えにいてやりゃええがえ」

と祖父は目を細めて、あやを見ている。

あやは、山の家へ帰りつくと、元気づいて、そこいらじゅうを走り廻って遊びほうける。

あやたちの小学校がある村里までくだる山の道の途中には、幼い子どもにとっては恐ろしい所が幾箇所かあった。

「わあい。はよ走ってこんと、高坊主が出てくるぞお」

先に走っていくきい坊と春坊が、後ろをふり返ってあやたちをはやしたてる。

「あやちゃん、うつ向いてお歩きな。はよ、うつ向いて、うつ向いて」

とトミさんがせきたてる。あやは、この桜崖《さくらがけ》へ来ると、けっして顔をあげない。腰をかがめ、息をのんでそこを走り抜ける。と、そんなときに限って、鞄の中の筆箱が、尻の上でカタカタとよけいに大きな音をたてる。

「桜崖は、高坊主が出るんぞな。高坊主は、はじめはこんまい（小さい）けんど、上向《うえ》いて見よったら、どんどん大けになって、しまいに、うちら高坊主に食われてしまうけん。いっつも、うつ向いて通らにゃいかんのぞな」

走り抜けてから、トミさんが口をとがらせて、あやに話す。

桜崖には、切り立った崖ぶちに古い大きな一本の山桜が、川向こうに届きそうに枝をひろげている。山の木々の芽吹きに先がけて、小蟹の目くらいの、つやつやした若芽が見えてきたかと思ううちに、薄肉色の花がいっせいに咲きはじめる。

せきたてられて、桜崖の石ころ道を出はずれると、朝日を照り返した明るい空が、急に真上にひろがってくる。切り崩した片側の山の斜面の赤土が、小さい石地蔵を抱いている。前に供えてある小さい竹筒《たけづつ》の山の花は、露を含んでいきいきとしていた。

ずっと以前、切り出した山の木を運ぶ馬が、背骨がしなうくらい、丸太を背にくくりつけられたまま、ここの片方の深い谷へ、何頭も落ちて死んだのだという。

「ここで落ちて死んだ馬の供養《くよう》にたてられた地蔵さんじゃ」

と祖母が話していた。体をのり出して、絶壁の崖下をのぞくと、灌木《かんぼく》の茂みを透かして、はるかな底の谷の流れが、わずかな木洩《こも》れ日にちらついている。

石地蔵の前の高みからは、扇形《おおぎがた》にひらけた伊予の平野が、松の枝越しに見えかくれしていて、たまに、黒い毛虫に似た汽車が、もくもくと煙の尾をひいて平野を横切っていく。平野の先には、伊予灘《いよなだ》が海とも空ともつかぬ色にかすんで、時折、船が小さく動いている。子どもらは、石地蔵の前では必ず両手を合わせて、ちょこんと頭をさげる。小石を蹴りながら坂道をくだっていくうちに、平野はまた山陰にかくれる。


しばらく歩くと、飲まずの谷に出る。そこは道がくの字に曲がっていて、その角の奥が暗い谷になっている。

「飲まずの谷の水は飲んだらいかんけに、飲まずの谷ちゅんじゃ」

「お月さんのない晩でも、飲まずの谷の水には、ちゃあんと、お月さんの影が映っとるんじゃと。おとろしいなあ。狸《たぬき》がおるんじゃろか」

トミさんとキヨミさんが、あやには内緒のようなひそひそ声で話す。灌木や熊笹《くまざさ》、山椿《やまつばき》の葉などが覆いかぶさっているその谷は、顔を地へこすりつけてのぞきこんでみても、奥は暗くて見えない。風音もなく静まり返っている。
あやは先にたって、どんどんと坂をくだっていった。

坂道を降りきったところの山裾《やますそ》に、小さい家が四、五軒かたまっている。みんなはそこをご番所《ばんしょ》と呼んでいた。ご番所には、飛び出ている片目のまわりに、いつも目やにをこびりつかせているおばあさん、頭に毛が一本もない鉤鼻《かぎばな》のおじいさん、はだけた胸元から垂れ乳を丸出しにしたままで、子どもらを大声で怒鳴り散らして追っかけているおばさんなどがいた。あやたちは、ご番所へはあまり寄りつかなかった。

ご番所のはずれから続いている梨畑に沿って、なだらかな坂道をあがると、目の下に大きな池が見えてくる。青黒い水がいつも、ぴたん、ぴたんと岸に寄せている。その池の半周をとりまいている長い竹藪《たけやぶ》を通り抜けなければ、あやが通っている小学校がある村里へは出られない。そこは、笹竹が両側からトンネルのように小道の上へかぶさっていて、木《こ》洩《も》れ日の道を笹の落葉を踏んで歩くと、そのあとさきに、笹の葉擦《ず》れの音が、渚《なぎさ》の引き潮のようにざわめく。時々、カタッ、カタッと堅い音がひびいてくる。太い古竹が風でかち合っているのだろう。一年生のあやは、六年生のトミさんとキヨミさんのあとから、遅れないように、前かがみになって足を速める。ほんの近いところから、不意に大きな鳥がばさっと飛び立ったりすると、とたんに胸がどきついてきて、走りだすこともできず、じっと息をひそめて足早に通り抜けていくしかない。藪《やぶ》を抜けたところにある農家の庭先に人影が見えると、生き返った思いになる。

祖母は毎日、授業が終わるころを見はからって、小学校まであやを迎えにくる。六年生のトミさんたちの授業が終わるのを待って、それから一里半ほどの山道を帰ってくるのは、あやにはまだ無理だということだった。

帰る時刻が近づいてくると、あやは唱歌も先生の話も上《うわ》の空になって、校庭のほうばかりを見る。祖母はいつも教室の南側のプラタナスの木の下であやを待っていた。窓枠《わく》ごしに祖母の頭の小さい髷《まげ》がちらりと見えると、あやは溢れ落ちそうになっていた涙を手の甲でこする。あやが小学校に入学して一か月がたとうとしていた。

「山《さん》しょの芽ほどずつ、日がなごなる（長くなる）ちゅうが、急に暑《あっ》なったもんよなあ。

あや、ちいと休んでいこか」

一里松まで来ると、祖母はきまって道端の大きな木の切り株に腰をおろす。一里松は郡《ぐん》中町《ちゅうまち》からちょうど一里の所にあるのだというが、小学校からも同じくらいだそうだ。そのあたりは道幅がかなり広くなっていて、道の端の一本の松の大木が空高く枝を這《は》わせている。風がないような時でも、上のほうではごう、ごうと枝葉を鳴らしていた。

郡中町の沖でとれた鮮魚を、平籠《ひらかご》に溢れそうに盛って、朝早く、天秤《てんびん》で担《にな》って商《あきな》いに来る頭の禿《は》げた音《おと》さんも、一里松まで来ると籠をおろしてひと休みするという。峠の奥の砥《と》部焼《べやき》の茶碗《ちゃわん》や皿を、籠にびっしりと詰めて、天秤をしなわせて町へ売りにいく目の細いおじさんも、たまに町へ買い物に出る山の人たちも、一里松まで来るとたいていひと休みするそうだ。

祖母が休んでいる間に、あやは叢《くさむら》をごそごそとかき分けて、出おくれのいたんぽの芽を探したり、山の小花を折ったりする。

「一里松には狸《たぬき》がおるんじゃと。ここで休みよると、川のほうからぺちゃぺちゃ言う人の声が聞こえるけん、誰ぞ魚でも捕りよるんか思《おも》て、川のほうへ降りてみても、だあれもおらんのじゃと。やっぱり狸がてがいよる（からかう）んじゃろかなあ」

祖母は独り言のように言ってから、

「子どももおるらしいけん、ひと家族住みついとるんじゃろ」

と狸も仲間うちのような口振りになる。

「子どもは、何匹おるんじゃろか」

「さあ、三、四匹はおるかもしれんなあ」

「かわいらしいんじゃろか」

「そりゃあ、子どもは何でもかわいらしいけんなあ」

一里松の片側の谷川は、からみ合った藤蔓《ふじづる》に覆われていて奥のほうは見えない。あやは、その奥の暗がりには、やっぱり狸が住んでいるような気がした。

昔から、伊予には狸が多いと言われているそうだ。いつか大阪の親類のおじさんが、

「伊予の八百八狸《やだぬき》は、大阪でも、名が通ってるねん」

と言っていた。

昔、四国の狐があまり勝手気ままをしたために、お大師《だいし》様が腹を立てられ、狐たちを海

の向こうに追いやったとか。また、狐の大将が殿様の奥方に化けて騒ぎをおこし、怒った殿様が狐を四国から追い払ったとか。そのために狐の後釜《あとがま》に座った狸が幅をきかすようになったとか。山間《やまあい》では大人が三、四人寄ると、よく、化けたり、化かされたりの、狸の話に花が咲く。

「トミさんとこの政兄《まさ》さんは、嫁とりによばれて（招かれて）戻りしなに、ここらでくろ（暗く）なってしもて、狸にやられたんぞな。気がついたら紋付《もんつ》きを着たまんま、川の中をざぶり、ざぶりと川上のほうへ歩きよったんじゃと。狸は、政兄さんがぶらさげとった土産の折詰めの魚が欲しかったんじゃろなあ」

言いながら祖母は、切り株に腰を掛けたまま、眠そうに目をつむっている。

そういえば、少し前、唐川《からかわ》のおばさんも、あやの家へ祭りに来ての帰りに、狸に化かされたと言っていた。山の中で、同じ道を何度も往ったり来たりしているおばさんを、ちょうど山畑へ来ていた人が見つけて、声を掛けたら急に正気に戻ったという。そして、その時持っていた折詰めのご馳走は空《から》になっていたそうだ。

狸が魚や川蟹《かわがに》が好物だということで、祖母も一度、気色《きしょく》の悪いことがあったという。

大谷の川ではうまい川蟹がたくさん捕れる。祖母はよく川蟹を捕りに行く。凧糸《たこいと》で編んだ笊《ざる》のような浅い網の中へ、餌になる魚の頭や臓物《ぞうもつ》を入れて、昼の間に川縁《かわべり》の深みへ、十個くらいを並べて沈めておく。蟹は日が暮れると餌を探しに、石の下などから出てくる。日が沈んですっかり暗くなってから、網をあげに行く。一つの網に重なり合って五、六匹も入っているときは、何かに引っぱられているのかと思うくらい重くて、あがりにくいそうだ。

大笊に山に盛った茹《ゆ》で蟹は、呼んできた大人や子どもたちで、一度に食べてしまう。子どもらはわれ先にと、甲羅の大きな雌蟹をとる。雌蟹の甲羅の内側には、うまいこがいっぱい詰まっているからだった。燃え色の甲羅をはがすと、その裏側のくぼみに、朱色に固まったこが、ぎっちりとはりついている。それを、箸《はし》の先でこじると、かたまりのままでころりと出てくる。口に放りこむと、ざらっとした舌触《したざわ》りのあとに、脂《あぶら》っぽい甘さと香ばしさがひろがって、あとはもう、とめどもなく食べたくなる。甲羅の隅のくぼみにくっついて残っているのまで、箸の先で丹念につつき出して食べる。

大人は、子どもらには食べにくい大きな雄蟹を食べる。まだ濡れたままの鼠《ねずみ》色の毛がべったりとくっついている雄蟹の親爪は、頑丈で、大人でも噛み砕きにくい。たいていは俎《まないた》の上へのせて金槌《かなづち》で軽く叩く。ひび割れたところを、力を入れて裂くと、中から象牙色の身がかたまったまま、もこっと出てくる。そのうまさは雌のこのうまさとはまた別で、大人たちは面倒でも雄の親爪を食べたがる。

「蟹は爪が一番うまいんぞな」

と言いながら、祖母はいつも、みんなが残している小さい爪を拾って、丁寧に裂いて食べていた。祖母は時々、親爪の大きな乳色の身のかたまりを、あやの口の中へ押し込むように入れる。あやは、その身の中にある薄い骨を指で引き抜いて、上手に身をこそげとる。親爪の身は、一つであやの口いっぱいになる。脂でぬるぬるしてくる手を、濡れ手拭いで拭きながら、みんな、物を言うひまも惜しいふうに食べる。

祖母が狸に騙《だま》されそうになったというその晩は、雨がしょぼ、しょぼと降ってきて、何となく気がすすまなかったが、それでも、かいしゃんを誘って網をあげにいった。虫が知らせたのか、いつものバケツではなくて、深いとう丸かごを持っていった。蟹はいつもより多くかかっていて、籠の口までいっぱいになった。もうまっ暗くなってしまって、カンテラの灯で足元を照らしながら、かいしゃんが先になって、川の斜面をあがりかけた。すると、すぐ足元のほうから、

「おばさん」

と言う小さい声が聞こえた。祖母は足は止めないで、カンテラの灯で足元のまわりを照らしてみたが、誰もいない。気のせいだったのかと思い、そのままあがりかけると、また、先と同じ声が足元から聞こえた。と、前を行くかいしゃんが、

「へえ」

と返事をして振り返った。祖母は、肩にかついでいた籠の蓋《ふた》をいっそうぎゅっと押さえつけて、

「かいしゃん、こりゃあ狸ぞな。しっかりおしな。さあ、おまえらに蟹をとられてたまるかや」

と蓋に手をかけたまま、どこをどう歩いたのか、覚えのない思いで帰ってきたという。

「一人で聞いたんなら、信用でけんじゃろけんど、二人でおんなじように『おばさん』言

う声を、二遍《へん》も聞いたんじゃけんな。ほれに、かいしゃんは返事までしたんぞな」

めったなことでは仰山《ぎょうさん》に驚いたふりなどしない祖母が、その晩のことだけは力を入れて話す。その後、祖母は雨の晩はけっして川へ蟹を捕りに行かなくなった。

「松山のお堀端の、八又《やつまた》のおたのきさんは、お産が重うなって、安井先生いう、松山で一番の医者さんを呼んでお産したいうけんなあ。人力車で迎えに来たんじゃと。その時にもろた五円は、木の葉じゃのうて、本物じゃったそうな。今でも、その銭《ぜに》は宝物にして大事にしもとるいう話じゃ」

「八又さんの分かれが、郡中町の銀杏《いちょう》の木さんじゃろ」

「お榎《えのき》さんは、どこじゃったかのう」

などと、大人たちは、狸をさんづけで呼んで話す。どこの村や町にもたいてい一、二匹は名の通った狸が、榎や銀杏の古い大木のうろなどに住んでいるそうだ。

大人たちは、ほんとは狸のことを友達のように思っているのかもしれない。狸に化かされた話を聞いていても、あやはさほど怖い思いはなかったが、それでもまだ一里松をひとりで

は通れなかった。

松の高い梢《こずえ》の上の空に、淡い白雲が動いている。ググウ、ググウと山の鳥が鳴きだした。祖母がゆっくりと話す狸の話を上《うわ》の空に聞きながら、祖母にもたれかかって、冷やっこい風に吹かれていると、あやは眠くなってくる。

一里松からの急な山道を、あやはいっきに登りきって、揺るぎ松へ出る。祖母はゆっくりと登ってくるのか、まだ姿が見えない。

揺るぎ松からは、あやたちが住んでいる大谷が下のほうにひと目で見渡せる。三方を山に囲まれた小さい盆地に、蜜柑《みかん》畑、栗山、梅の林、枇杷《びわ》の木山、竹藪《たけやぶ》などが開け、柔らかい日射しの中に四、五軒の家が散らばっている。長《ちょう》おじの家は谷川に沿って長く、鶏舎《けいしゃ》、蚕室《さんしつ》、水車小屋がその家に並行して並んでいる。大きな水車は休みなく水を跳ねていた。

一番奥の高みにあるあやの家は新しい。すうちゃんの家の前の広庭で誰かが動いている。ひいばあさんがまた、猫のミイのために鼠を料《りょう》っているのかもしれない。何かの花の淡い、甘い香りが風にのって吹き上がってくる。

揺るぎ松には、山の道の端に、枝がくねった古い松が一本、ぽつんと立っている。あやはそこへ来ると、必ずその松の太い幹に胸を押しつけて二度、三度と幹を揺する。そして、梢の先のほうをじっと透《す》かして見る。どの子もそこを通るときは、一度は幹を思いきり押しながら、梢の先を見つめる。

いくら押しても太い幹はびくともしないのに、その細い枝先のどれもが、かすかに揺れ動くので、揺るぎ松という名がついたのだそうだ。

松の小枝の先がふるえているらしいと見届けてから、あやは、揺るぎ松に続く塞《さい》の神《かみ》の下り坂を、勢いよく駆けおりていく。

げんげの花

あやは、山の家へ帰ってくると、急に元気づく。げんげの花をつないだ飾りを幾重《いくえ》も首に巻きつけて、げんげの花を蹴散らして転びながら、すうちゃんたちと追いかけっこをする。凹みに足をとられて、花の中へ埋もれてしまうと、起き上がりもしないで、はあはあと大息をして、ほてった頬を花にこすりつけて冷やす。追いかけっこに飽きると、あやたち三人の女の子は、げんげの花にもぐりこんで、仰向《あおむ》けに並んで寝転ぶ。蜜蜂がうなりながら、鼻の頭すれすれに飛んでいく。空の端に舞っている鳥を見ているうちに、あやたちは、げんげの花のむせっぽく甘い匂いに包みこまれる。


「もうまあ、ぼつぼつ、あやもひとりで戻れるじゃろかなあ」

「ううん。ほうじゃのう。いっぺん、ひとりで戻れるか、ためしてみるかのう」

ある日、祖父と祖母はそんな話をしていた。

それから二、三日後、両側に続く桑畑《くわ》の中の小道を、あやはうつむきかげんになって足早に歩いていた。今日は、祖母が学校へ迎えに来なかったのだ。桑畑を過ぎ、蚕豆《そらまめ》畑をよぎると、すぐに薄暗い竹藪《たけやぶ》になる。あやは、口をきつく結んで、石ごろ道を見つめて歩いた。

「あやちゃん、きょうはひとりかな」

竹藪の手前の家のおばあさんが、庭先から不意に声をかけてきた。そして、横の蚕豆畑のほうへ笑顔を向けて、

「ほうれ、豆畑におるがな」

と言って、首をすくめる。

「きょうはひとりで戻れるかな思《おも》て、豆んなかへ、かくれとったんよ」

言いながら、高い豆の葉を押し分けて祖母が出てきた。

「あやちゃんは、もうちいとで、泣きだすとこじゃったなもし」

「さよですらい。もう、かれこれ五十日ちこうなりますけん、そろそろ、ひとりで戻るようにせにゃいかん思《おも》てなもし」

おばあさんと話している祖母をおいて、あやはどんどんと先に歩いていった。その日からしばらくたって、祖母は迎えに来なくなり、あやはひとりで学校から帰るようになった。

学校の横の川土手の道を、同級生四、五人と、あやは石蹴りや、じゃんけんをしながら学校から帰る。グウ、パア、チョキで三歩、五歩と前へ進みっこをしながら帰るときは、大股で少しでも前へ出ようと思うから、着物を着ている子は、邪魔になる裾《すそ》をまくしあげて、兵児帯《へこおび》に挟《はさ》みこむ。思いきり跳ねるたびに、腰の上の鞄《かばん》が宙におどりあがる。

土手道が右に曲がる所で、鶏屋《とり》の秀ちゃんが別れていく。秀ちゃんの家の、幾棟もの長い鶏舎《けいしゃ》のトタン屋根が、土手の向こうのほうに、日をはね返してまぶしく光っている。

道は少しずつ、ゆるやかな坂になる。段々畑に沿った細い流れの底に、じっとへばりついている泥鰌《どじょう》を木ぎれの先でつついたり、苔がこびりついている小石に、尖《とが》った尻を逆さにしてくっついている黒い巻き貝をとったり、菫《すみれ》の花相撲《はなずもう》をしたり、思い思いの道草をくいながら山裾へ近づく。

道ちゃんの家は、山道へ入る手前の道端にあって、前に葡萄畑《ぶどうばたけ》がひろがっていたから、みんなは道ちゃんを、「葡萄畑《ぶどうばた》の子」と呼んでいた。この道ちゃんと別れると、あやはひとりになる。みんなと別れてからあとの小一里の山道は、途中に、息をつめて通り抜ける怖い所が何か所もあるから、もう道草をくうどころではなくなる。

唇を噛んで、足元だけを見つめて、前のめりになって歩きに歩く。山に入ってからはめったに人に会うことはない。たまに人の気配が近づいてくると、あやはかえって怖くなり、急いで灌木《かんぼく》の茂みにもぐりこんで息をころし、足音が遠ざかっていくのを待つ。時折、道の真ん中へ鼬《いたち》がひょこんと飛び出してくることもある。鼬は一瞬立ち止まり、小振りな頭をきっと立てて、あやを振り返る。丸っこい顔に、くりっとした小さい黒い目。あやと視線が合うと、長い尾を引いて、素早く反対側の草の中へ入ってしまう。

幾本もの大きな丸太を背中に縛りつけられた痩《や》せ馬を追いたててくる馬方《うまかた》にも出会う。手綱《たづな》を短くとられて、今にも折れそうにがくん、がくんと細い脚をしなわせて、石ごろ道をおぼつかなくくだっていく馬の足どりを、あやは、体を片方の山肌にくっつけて見送る。突然、頭の真上に鋭い鳥の啼《な》き声がして、あやは息をのんで立ちすくむ。大きな鳥がはばたいていった。そのあとの、静まりかえっている山道を、あやは、這《は》うような姿勢で、できるかぎりの大股で急ぐ。

飲まずの谷を過ぎ、高坊主が出るという桜崖《さくらがけ》をいっきに通りすぎて、狸《たぬき》が住む一里松を走り抜ける。そして、急な坂を大息をついて登りつめると、やっと揺るぎ松に出る。目の下に大谷の家々が見えると、おかっぱ髪を振りたて、足を、転びそうにもつれさせて走る。

そんなあやの足音を、いち早く遠くから聞きつけるのは、飼い犬のエスだった。エスは耳を立てて駆けてくる。エスとぶつかりそうになったあやが、

「エス、エス、もんた(戻った)よ、もんたよ」

としゃがんでエスを抱えこむと、エスは前足をあやの肩にかけて、あやの鼻も口もいっしょくたに舐《な》めまわす。生ぬくいエスの舌が衿首《えりくび》まで這う。エスを先にして家に着くと、仔犬が三匹、よたよたと床下から出てくる。

「チビ、コロ、タロ、もんたよ」

仔犬を一匹ずつ宙にかかげて、揺さぶる。

「あやは、きょうはえらかったなあ。ひとりでもんて。ほうびに、りん饅《まん》をこさえといたぞな」

祖母は機《はた》からおりて、茶ぼん戸棚から、浅い笊《ざる》に並べた丸いりん饅を出してくる。りん饅は、餅米《もちごめ》の粉で作る。餡《あん》を包んだ平たい餅の上に、赤、黄、緑に色づけした米粒を散らして、蒸籠《せいろう》で蒸《む》す。小さい花傘に似たりん饅を、祖母は雛《ひな》の節句や花見のときに必ず作る。まだ少し息をはずませながら、りん饅をほおばっているあやを、エスが土間におり座りをして見ている。

仔犬はまだ親の乳を飲んでいる。たらふく乳を飲むと、足を投げ出して寝ている親の腹を枕にして、重なり合って寝る。すっかり寝入っているのかと思っていると、急に乳首を探して吸いなおしたりする。乳首をくわえたまま寝ている仔犬の口から、そっと乳首をはずしてやっても、ぴくりとも動かないで、桜の花びらのような舌先をのぞかせて眠っている。ぱんぱんにふくらんだ薄桃色の腹を上に向けて、体のわりに太い四つ脚を宙に浮かせて眠っていることもある。

エスは、嫌がるようによろけて逃げる仔犬を鼻先で転がしては、その尻を何度も舐めてきれいにする。乳首を含んでいる最中に、親が急に立ちあがったりすると、引きずられながら乳首から離れてしまい、くんくんと鼻を鳴らして這い廻る。仔犬は乳の匂いがする。

顔をこすりつけると、毛が浅い肉厚の耳が、搗《つ》きたての餅のように柔らかくて、ぬくい。

前の年の春の終わりころ、コロが、里から山仕事に来ていた人に貰われていった。その人は、山仕事の帰りに、コロをどんざ（山の仕事着）の懐《ふところ》へ入れて帰った。翌朝、山間《やまあい》がやっと白みかけたころ、表で祖母が大きな声で呼ぶ。あやが走り出ていくと、

「あれえ、あれはコロじゃないかな。よう似とるがな」

と祖母は道の下《しも》のほうを、透《す》かすようにして見ている。ずっと下《しも》のほうに、まるまって走ってくる仔犬が見えた。

「ああれ、やっぱりコロじゃわい。まあまあ」

「コロじゃ、コロじゃ」

二人の声が聞こえたのか、仔犬は小さい耳をいっそう振って、体をよじって走ってくる。仔犬はやっぱりコロだった。

「コロかえ、おお、よしよし。ほんとにかわいそうにのう。このこんまい（小さい）のに、あげにとわい（遠い）とこを。どないしてもんたんぞな。どして、道を知っとったんぞな。

よしよし、もうどこへもやらんけんな」

言いながら、祖母は両腕にコロを抱えこんで頬ずりをしていた。小さい尻尾《しっぽ》をぴくぴく振って甘え声を出しているコロの頭を撫《な》でながら、あやも自分の口を、コロの鼻先へ押しつけてやった。コロの口のあたりはまだ少し乳臭かった。

広い土間に茣蓙《ござ》をひろげて、あやは日の暮れまで、仔犬たちと転び合って遊ぶ。コロはずいぶん大きくなるまで家にいたが、また、同じ人に、どうしてもと欲しがられて貰《もら》われていった。親犬のエスが、兎《うさぎ》狩りがうまいからかもしれない。

モミジ　アカイ

あやが小学校一年生に入学してから、三か月余りが過ぎた。一里余りある通学路の三分の二は、深い山間《やまあい》の道だから、その道をひとりで帰れるようになるまではと、祖母は二か月余り、学校まで毎日あやを迎えにきた。そして今は、里で友達と別れてからの山道を、あやは恐々《こわごわ》ながらひとりで帰れるようになった。

友達と別れて山の道に入ると、山の静けさの中から湧いてくる木々の枝鳴りが気になったり、たまに人声が聞こえると、胸の動悸《どうき》が高くなってくる。深みを増してきた若葉のとりどりの色が重なって、山が光っている。木々のむせるような匂いの中を、あやはとっとと、ひたすら歩く。頭の上の松の茂みから、ジャアン、ジャアンと松虫の鳴き声が響きはじめる。と、その鳴き声は次々と山中にひろがっていく。そして、松虫の鳴き声は大波のようにうねって、山を揺るがす。あやは汗ばんだ額を手の甲で幾度もこする。学校には少し慣れてきたが、放課後が近づいてくると、まだ帰りの山道のことが気になって、何となく落ちつかなかった。

受持ちのハナヨ先生は、時々、組の全員をひとりずつ教壇に立たせて歌わせる。あやは、先生に名前を呼ばれただけで、もう頬っぺたから耳までかっかとほてってきて、壇に立つと、みんなの顔がぼうっとしてしまって、よく見えなくなる。

だあいのおとこの　べんけいがあ
なあがいなぎなた　ふりあげてえ
牛若めがけて　きりかかるう
牛若丸はとびのいてえ

歌っているうちに、涙が溢れそうににじんできて、あやは、もう誰の顔も見えなくなってしまう。

「はあい、じょうずに歌えました」

先生の弾《はず》んだ声と、みんなの拍手が追いかけてくる中を、あやは上《うわ》の空で席へ駆け戻る。そして、額を机の上へくっつけて、じっとしている。次々と歌っているほかの人たちの声が、ずっと遠くからのように聞こえる。

祖母は時折あやに、学校へ花を持たせる。それは家の横の庭の、小さい赤い実を鈴なりにつけているゆすら梅だったり、乳色の花弁をふわりと垂らしている鳶尾草《いちはつ》だった。先生は、教室へ花を持ってきた人を、授業のはじめに教壇に立たせ、

「これは、何の花ですか」

とその花をかかげさせて、みんなにたずねさせた。花を両手でかざしていても、誰も答えられないときは、先生が大きな声で、

「それは、梔子《くちなし》の花でえす」

と言ってくれる。梔子の花の強い香りが教室にひろがっている。

表の間《ま》の壁際に寄せた小さい机の前に座って、あやは宿題の書き方（習字）をしている。〝モミジ　アカイ〟。あやの硯《すずり》と墨《すみ》は両面がつるつると滑り合って、すってもすっても墨色

が濃くならない。その淡色《あわいろ》の墨汁《ぼくじゅう》で書いた字は、墨色の中に灰色の細かい斑点が浮き出ている。何枚書いても同じになる。その、斑《まだら》になった〝モミジ　アカイ〟の清書は、先生から特別大きな三重丸を貰《もら》って、教室の後ろの壁に貼り出された。

あやの毎日の役目になっているランプの火屋《ほや》拭きには、この何枚かたまってくる書き方の反古紙《ほごし》を使う。子どもの手なら、五分芯《ごぶしん》のランプの火屋の奥までゆうに入るから、どの家でも火屋拭きは子どもがする。くしゃくしゃに揉《も》んだ反古紙を火屋の中へつっこんで、少し力を入れてきゅっきゅっと廻していくうちに、こびりついていた煤《すす》が少しずつとれてくる。明るいほうへ透《す》かしてみて、火屋のガラスがぴかっと光っているのを確かめてから、その火屋を台にそっと嵌《は》めこむ。遊びに夢中になっていて、夕暮れになってから急に思い出し、慌《あわ》てていい加減に拭くこともある。そんな晩は、ランプの炎がよどんで見えて暗いから、明るくしようとして、むやみに芯を引っぱり出す。すると、黒い油煙《ゆえん》がもくもくと立ってきて、よけいに暗くなり、家中が石油臭くなってくる。子どもらは何度注意されても、火屋拭きをよく忘れる。

「豊兄《とよ》さんとこへ療治においでたあやの学校のお裁縫《さいほう》の先生がな『いっつもハイカラな服着て、毎日小使室へ牛乳を飲みにくる器量好《よ》しのお子は、どこのお子かなと、まえから思いよりましたんよ』お言いて、その先生があやのことを、がいに（大変）賞《ほ》めといでたそうな」

郡中町《ぐんちゅうまち》へ買い物に出て、その町に住んでいる、祖父の次兄の豊おじの家へ寄ってきた祖母が祖父に話している。

豊おじは目が見えないのに、若いころ朝鮮へ渡って働き、今は郡中町の海辺の大きな二階家で療治の仕事をしながら、階下で食堂や貸しボートを営み、表通りにたくさんの家作《かさく》を持って楽に暮らしている。あやの学校のそのお裁縫の先生は、この豊おじのところへよく療治に来るそうだから、あやのことが話に出たのだろう。

あやは二歳の夏の終わりころまで郡中町にいたが、そのころから牛乳が大好きだった。毎朝、牛乳配りのおじさんが、牛乳を積んだ大きな車をごろん、ごろんと引いて近づいてくるのを、表へ出て待っていた。そして、まっ白い手袋をしたおじさんの手から、牛乳瓶《びん》を抱えさせてもらった。

祖父は、あやが小学校へあがると、学校で牛乳が飲めるようにと、里の牛乳屋に頼みに行った。

一時間めの授業が終わって小使室へ走っていくと、黙っていても小使室のおじいさんが、湯桶《ゆおけ》の中から、人肌にぬくもった牛乳瓶をつまみ出してくれる。両手で瓶を挟《はさ》み、立ったままでごくごくと飲んでいると、紺の袴《はかま》をはいたお年寄りの先生が入ってくる。先生は、桶に残っていたもう一本の牛乳瓶をとり出して、あやと並んで飲みはじめる。

透きとおるような色白の顔に、細い金縁《きんぶち》の眼鏡《めがね》が似合っていて何となく品がよい。先生は飲むのをちょっと休んで、眼鏡の奥のきれいな目を細めて、あやにほほえみかけた。あやは少しはにかみ、牛乳をいっきに飲んでしまうと、ぴょこんと礼をして一目散《いちもくさん》に教室へ駆け戻った。

その先生が、祖母が話していたお裁縫の先生だったのだ。大連《だいれん》から転校してきた背の高い女の子とあやだけが、組の中でいつも洋服を着ていたから、お裁縫の先生の目についたのだろう。

裾《すそ》と袖口《そでぐち》に白い花模様のレースがついている蜜柑《みかん》色の服、袖山にギャザーをたっぷり寄せて、ふくら雀のようにふくらませてある薄緑色の上着、黒地に白い二本線が入っているベルベットのベレー帽などは、あやのお気に入りだった。山の子のあやが、なぜ、そのころの田舎では珍しい洋服を着せられていたのか、あやにはわからないことだった。

秋の運動会の当日、朝、家を出るときは大降りだった雨が、山から里へくだるにつれて、すっかりやんで、青空がひろがってきた。里へ出てから一緒になった同級の道ちゃんも秀ちゃんも、白い運動靴に体操服を着ていた。あやはふだんの服に黒いゴムの長靴をはいていた。

祖母が、大急ぎで作った弁当と運動靴、体操服を持って学校へ着いたときは、陽が大分高くあがっていた。運動靴が間に合わなかったあやは、長靴で走った。

夕飯のとき祖母が、

「あやは、きょう長靴で走ったんぞな。ちょっとのことで運動靴が間に合わなんだんよ。ひょいと運動場を見たら、長靴をはいた子が走りよるけん、誰じゃろ思《おも》たら、あやじゃったがな。重そうにして走りよるけん、ひやひやしてしもたい。ほんでも、はじめ四番目じゃったんが、どんどん追い越して、しまいにはとうとう一等になったけんなあ。ほれに、二等の子とは、はあるかかなたに離れとったぞな」

と珍しく声高《こわだか》に話す。

「ふうん。ほんで、あやはこんなええ褒美《ほうび》もろたんかえ」

と、祖父は笑顔で、あやが貰ってきた一等賞の大きな紙挟みを何度も裏返したりして見ている。ざらざらとした手触《てざわ》りの、緑色の布貼りの紙挟みは、止め金が頑丈で、あやの手ではなかなか開かない。あやはその中へ、ためてあった三重丸を貰った書き方の清書や、図画を丁寧《ていねい》に重ねて挟みこんだ。

一年生の終わりのあやの通信簿は、操行《そうこう》が乙《おつ》で、成績順位は四十八人中の九番だった。一年に三十二日間欠席をしていた。

「あやは、はじめのごろは泣いてばっかりで、学校でおとなしかったけん、一学期はお行儀《ぎょうぎ》が甲じゃったのになあ。このごろはだいぶ慣れてお転婆《てんば》になってきたけん、お行儀がになったんじゃろなあ」

と祖母が少し残念そうに言うと、

「ほんでも、あげに（あんなに）仰山《ぎょうさん》休んで勉強もこれぐらいなら、ええけん、ええけん」

と祖父。

「ほうよなあ。これぐらいなら上等のほうじゃろ。春休みになるけん、あしたはあやの好きな蓬餅《よもぎもち》でもこさえてあぎょうわい。蓬もだいぶ大けなってきたけん」

祖母は相槌《あいづち》を打ちながら、もう笊《ざる》を持って餅米をすくいに物置きへ立っていく。

むささび

昭和五年、あやが小学校二年生になった新学期から、新しく建った大きな校舎へ移った。家から学校までの道のりは、少し近くなったが、それでも片道四キロはあった。山間《やまあい》の道を出はずれると、広々と開けた平野の中ほどに、街道に沿って建っている長い四棟の新校舎が見えてくる。広い運動場の隅に作ってある池の水が、日を返してちかちかと光っている。校舎が見えてくると、誰からともなく早足になってきて、しまいには駆けっこのようになって、掛け鞄《かばん》を尻の上で踊らせながら学校へ急ぐ。

正門《せいもん》を入り、玉砂利《たまじゃり》を踏んでいくと、右手に奉安殿《ほうあんでん》がある。石作りの頑丈《がんじょう》そうなその建物の中には、天皇、皇后両陛下の写真が入れてあって、その前を通るときは、誰でも立ち止まって、そちらへ向いて礼をしなければならない。

校舎の間に続いている煉瓦《れんが》で囲った花壇には、まだ花は咲いていない。以前の古い学校と同じように、南側の窓の外に間隔をおいて植えてある細いプラタナスが、薄緑の小さい芽を吹いていた。遠くから光って見えていた池には、赤や白の大小の鯉《こい》が、列になってぐるぐると廻りながら泳いでいる。その池のまわりの土手の若木の桜が、まばらに咲いている花を風にひらつかせている。

あやたちの教室は、運動場側の南校舎で、窓からは、一面に開けた田んぼの向こうに、重なり合っている山々が見えた。あやが学校へ通ってくる山の道は、あの山並みの中にある。

あやたちの受持ちは、宮木きよ先生になった。茶色っぽい髪が全体にゆるく波打っていて、笑うと、少し反《そ》っ歯の額《がく》ぶちの金歯が二本見える。先生は若くも、年寄りにも見えない。いつも、スカートと上着の洋服を着ている。

先生は、学期のはじめにあやたちを連れて、校内を見せて廻った。南側二棟は一年生から六年生までの教室で、北側の二棟は高等科の教室と、特別室、職員室などがある。全学年三組ずつだったから、全校の生徒数は千人ぐらいだったのだろう。

先生のあとについてみんながわれ先にと走りこんだのは図工室。普通の教室よりもずっと広い。額ぶちに入ったいろいろな絵が壁にかけてあって、水色の布をかけた丸テーブルの上に、本物そっくりのバナナ、りんご、葡萄《ぶどう》の模型が、大籠《かご》に盛ってのせてある。西洋の女の人の胴から上の白い像がのっている台の上に、三角や四角の木片がいくつも転がっている。机や椅子が出してなくて、だだっぴろいから、みんなはすぐはしゃぎだして、追っかけっこをはじめる。先生は、何か壊しはしないかとはらはらして何度も注意するが、誰もあまり聞いていてはいない。

図工室の隣は第一音楽室。窓辺に据《す》えてある大きなピアノがまず目に入る。先生がまっ赤な裏地の黒いカバーをめくると、なめらかに黒光りしているピアノの肌が現われた。みんな一瞬、目をこらして黙っている。が、すぐにわれもわれもと手を出してピアノの肌を撫《な》でる。みんな、こんな大きなピアノを見るのは初めてだから、ピアノの蓋《ふた》に顔を映したり、息を吹きかけてこすったり、脚のほうへもぐりこんだりする。ピアノの蓋に、あやの顔もいびつに映っている。あやは蓋の上へ顔を寄せて、大口を開けたり、つぼめたりしてみる。本を斜めにのせられるようになっている長椅子も珍しくて、おしくらまんじゅうをして腰を掛ける。ピアノの蓋は鍵がかかっていて開かなかった。

校舎の中ほどにある、文房具を売っている売店のおばさんは、青い上《うわ》っ張《ぱ》りを着て、目を細めたにこにこ顔で窓口に立っていた。

売店の西側は、教室の四倍くらいはありそうな広い畳敷きの教室で、ふだんは村の青年団の女の人たちが、そこで和裁を習っている。講堂が建つまでは、天長節《てんちょうせつ》とか新年の式は、学年を分けてそこを使うのだそうだ。新しい青畳の藺草《いぐさ》の匂いがこもっている。あやは思わず大きく息を吸った。

調理室は、分厚い木製の調理台と、それにくっついているブリキ張りの流し台が、両側の窓に沿って並んでいる。どの流し台にも、ぴかぴかの蛇口《じゃぐち》がついている。天井まで大きなガラス窓になっているからか、ほかのどの教室よりも明るい。筧《かけい》で大甕《おおがめ》に引いた山の水を柄杓《ひしゃく》ですくい、土のくど（かまど）で煮炊きをしているあやの家の炊事場とはようすが違う。誰かが蛇口をひねって、勢いよく噴き出した水に慌《あわ》てていた。

扉で続いている隣の家事室は、コンクリートの床が少し低くなっていた。洗濯用のコンクリート製の水槽《すいそう》が二列に並び、ガラス戸棚に蒸《む》し器、洗濯板、伸子《しんし》張《ば》りの竹、洗面器などが入っている。高学年になったら、ここで洗濯や染物の実習をするのだそうだ。たくさんのご飯を炊いたり、染色の布をまとめて蒸すときに使う煉瓦作りの大かまどの太い煙突が天井をつき抜けて立っていた。

まだ木の香が匂い立っている簀《す》の子《こ》板の長い渡り廊下を、みんな、わざと片足ではねて、カタン、カタンと大きな音を響かせて次の校舎へ移る。先生の注意は、やっぱり誰も気にしない。

北側の校舎の端は理科室。ここも広い。どの大机の横にも、タイルの水槽と蛇口がついている。戸棚の中の貝、昆虫、石、植物などの標本を見て廻る。窓の厚手の黒いカーテンは片側に寄せてあったが、教室の中は少し暗くてひんやりとしていた。みんなは少し飽《あ》いてきて、お互いに背中を押し合って、隣の理科準備室へどやどやと急ぐ。と、いきなり、

「キャーッ」

と叫んで四、五人が入口を走り抜けていく。あとから続いていた三、四人も大声で何か言って、首をすくめて駆け抜けていった。あやはほかの子らに押されて、入口をすっとんで入った。

「これは、むささびといって、ふだんはリスなんかに似ているけれど、山の中で、木から木へ飛んで渡るときは、こんな格好になるんです」

と先生は、怖がっているみんなの顔を、いたずらっぽく笑った目で見ながら説明をしてくれた。

そのむささびの標本は、準備室の入口の真上に、開いた四つ脚の間の膜をひろげて、斜め下のほうをめがけて飛んでいる格好に吊《つ》るしてある。細い糸で吊ってあるから、ゆらゆらと揺れて、そのたびに今にも飛びかかってきそうに見える。みんな、ひそひそと何か言い合っては、恐ろしいものを見る目で、下から見上げる。

顔が鼬《いたち》のようで、少し丸っぽくて大きい。ふさふさとした毛におおわれた長い尾が、後ろへはね上がっている。

あやは、ずっと以前に、山で働いていた人たちが生け捕《いど》りにしてきて、あやの家でしばらくの間飼っていた野衾《のぶすま》のことを思い出していた。野衾は、むささびの別の呼び方だそうだ。

生け捕ってはきたけれど、野衾に何を食べさせたらよいのか、誰も知らなくて困っていた。ちょうどそのころ、もいできた李《すもも》があったのを、祖母が二つ、三つ籠の中へ入れてやった。すると、野衾はすぐに李を前脚で支えて、みるみる二つ、三つと、こりこりと音を立てて食べた。腹をすかせていたのだろう。そのあとの幾日かを、野衾は祖母がくれる李で命をつないでいた。そして、祖母やあやが近づくと、鶏用の大きな伏せ籠の中で、背のびをして餌をねだるようになった。丸くて小さい黒目がかわいかった。何日かたって、どこで聞いたのか、町の香具師《やし》がやってきて、野衾はその人に連れていかれた。祖母は、

「当座の餌にしてやって、つかあさい」

と言って、紙袋に李をいっぱい詰めて香具師に持たせた。

「あの野衾は、町の見世物小屋で、見世物になっとるそうな」

と山仕事に来る人が言っていた。

山仕事をしているときに、四つ脚を開いて飛んできた野衾に不意に顔をおおわれると、息が詰まって死ぬことがあるなどと、大人たちは話し合っていた。猫そっくりの鳴き声も、脚をひろげて飛ぶ姿も気味が悪そうだけれど、野衾の話が出ると、祖母はきまって、

「野衾はほんとはおとなしいんぞな。人にようなつくけんなあ。李を食べる格好なんか、ほんとに、かわいらしかったわい」

と言う。

標本のむささびも、小さい目と丸っこい顔が、やっぱりかわいらしかった。

準備室を出た廊下の片側に、あやたちよりずっと背の高い人間の骸骨《がいこつ》が、ガラス箱の中に立っていたから、また、みんなが騒ぎはじめた。はじめは遠巻きにして見ていたが、だんだんと近づいていって、しまいには、ガラスへ鼻先を押しつけて見入っている。

あやはほかの子らの間から首をつっこんでのぞく。一つのようにも見える暗い鼻の孔《あな》、剝《む》き出しの歯ぐき、つんつるてんの頭、目玉のない目がくぼんでいる。ぶらりと垂れている掌《てのひら》の細い骨が、手首のところからかすかに揺れているように見える。先生にせきたてられるまで、みんなは、なかなか動こうとしない。

大きなオルガンが据えてある第二音楽室、保健室、応接室、校長室、図書室、職員室と素通《すどお》りして、裁縫室《さいほうしつ》に入る。

幅の広い裁《た》ち台が並んでいる両側にミシンが四台。ガラス戸棚の中に飾ってあるライオンやキリンの縫《ぬ》いぐるみは、どれも首をかしげている。桃色の簡単服を着て、赤い前掛けをしめている人の模型は首がない。この裁縫室は五年生にならないと入れない。

あやが毎日牛乳を飲みにいく小使室は別棟になっている。広い土間の中ほどにある煉瓦作りのかまどにのっている大釜からは、いつも湯気が立っていた。頭が禿《は》げている小使いのおじいさんは、たいてい尻はしょりをして、棚に並んでいる薬缶《やかん》に次々と湯を入れたり、釜へ水を足したり、裏口で薪《まき》を割ったりと、いつも忙しそうに動いていた。小使室の前の花壇の金盞花《きんせんか》がつぼみを大きくふくらませている。

屋根が低く、運動場も上段と下段に分かれて狭かった古い校舎にくらべて、新校舎は明るくて広く、どこへ行っても木の香が匂う。

「南伊予は金持ち村じゃけん、立派な学校を建てたもんじゃなあ」

「うーん、伊予郡では一番じゃろ」

と祖父と祖母が話していた。

あやたちが住んでいる大谷は、ほんとは南伊予村ではなくて、七折峠《ななおれとうげ》を越えた奥の七折村の大谷である。遠い山坂を越えて七折村の学校へ通うことは、子どもには無理だったことと、南伊予村の学校のほうが大分近かったから、大谷の子どもらは、南伊予村へ寄留《きりゅう》をして、南伊予村の小学校へ通っているのだった。だから、郵便物や役場の知らせは七折村のほうから来る。

郵便配達のおじいさんは、たとえはがき一枚でも、七折峠を越えて運んでくれる。そして、いつもあやの家で弁当を食べていく。

矢野先生

受持ちの宮木先生は、五月のはじめころから学校を休んでいた。先生は運動場へもあまり出なかった。体の工合《ぐあい》が少し悪いのだそうだ。そして、すぐに代わりの男の先生が来た。矢野先生である。先生は毬栗《いがぐり》頭で背が高い。本をつまんだ手を大きく振って、かかとを浮かすようにして、ゆっくりと大股に歩く。少し猫背である。先生はよく笑う。喉の奥が見えるくらい口を開いて、のけぞって大きな声で笑うから、みんなもつられて笑ってしまう。何か言ったあと、顔から首まで赤くなることがある。先生は卒業したての、ほやほや先生だそうだ。

先生は休み時間を待ちかねていたふうに、毬栗頭にくしゃくしゃの帽子をのせて、後ろを踏みつけにした運動靴を、もどかしそうにつっかけながら、あやたちを押しのけるようにして運動場へ走り出る。と、みんなも、そんな先生におくれまいと、われ先にと走る。先生はいつも、陣取り、鬼ごっこ、縄跳び、ドッジボールなどのどれかの仲間に入る。ほかの遊びをしていた子らも、先生が入っているところへ集まってくる。
長い縄を両端の二人が廻す長縄跳びの中へ入った先生は、猫背をいっそう丸めて跳ぶ。けれども、あやたちが廻す縄は低いから、背が高い先生の頭はすぐにひっかかってしまう。だから先生はたいてい縄を廻す番になる。先生は腰をかがめて、長い腕をいっぱいに伸ばして、大きく廻す。相手の子は、縄に両手をかけて、背伸びをしいしい前のめりに倒れそうになりながら廻す。

みいよちゃん　おおはいり
はい　よろし
じゃんけんぽん　あいこでしょ
負《ま》あけたおかたは　おでなさい
はい　よろし
つうねちゃん　おおはいり……

跳びながらじゃんけんをして、負けたほうは縄から出て、次の子が入ってまたじゃんけんをする。次々と勝ち抜いていくと、しまいにはへとへとになり、両足を揃《そろ》えては跳べなくなり、片足ずつをあげて、がに股《また》の格好になる。見ている子らが、げらげらと笑い出す。短い縄で二人跳びをするときに、先生と組むと跳びやすい。先生が廻す縄の輪は大きくて、ゆったりとしているから、ひっかからない。みんなの顔が赤らんできて、先生の広い額にも汗が光りだす。

ドッジボールをするとき先生は、横目をつかって、思いがけないほうへ思いっきり投げる。あやは先生のボールを受けて、ボールを抱えたまま仰向《あおむ》けに転んだことがある。ボールが外野の先生の手に渡ると、みんな口々に何か叫んで逃げ場を探して、白線の中を走り廻る。そして、むやみに一箇所へ寄る。だからボールは必ず誰かに当たってしまう。当てられて外へ出た子は、むきになって先生をねらう。が、長い足でひょい、ひょいと跳び上がる先生には、なかなか当たらない。こうして夢中になっているうちに、休みの時間はすぐ終わってしまう。髪も服も土埃《つちぼこり》をかぶったままで教室に入り、しばらくは息をはずませ、にじんでくる額の汗を手の甲でこする。

宿題の九九の掛け算を覚えてこなかった子を、先生は一人ずつ前へ呼んで、目は笑っているけれど、頭の上から、大きな拳骨《げんこつ》を二つ、三つとくれる。あまり痛くはなさそうで、拳骨を貰《もら》った子は、首をすくめて恥ずかしそうに笑っている。こちら側で見ているみんなも何となく笑う。

ある日、学校がひけて履物《はきもの》置き場で運動靴をはいていたあやに、廊下に立っていた先生が、

「あやちゃんの家はとわい（遠い）のか。おばあさんの見舞いに行こかなあ」

と言う。丈夫な祖母が珍しく風邪をひいてここ三、四日寝込んでいた。が、先生がどうしてそのことを知っているのか、あやにはわからなかった。あやが何も言わないうちに、

「一緒に行こうか。待ってな、自転車にのせてってやるけん」

と言って、先生は自転車をとりにいった。

「あやちゃんのお家は遠いの。歩いてどのぐらいかなあ」

と、宮木先生はあやに訊《き》いたけれど、春の家庭訪問にあやの家へは来なかった。

矢野先生は自転車を立てると、

「ほいさっ」

と掛け声をかけて、あやを脇の下から抱えて自転車の荷台にまたがらせた。同級の道ちゃん、秀ちゃんなど三、四人が後ろから押したり、ハンドルに手をかけたりして一緒に帰る。先生は自転車を押して歩いた。あやは落ちないようにサドルにつかまって、体を揺すって調子をとった。道の両側は早苗《さなえ》が伸びてすっかり青田になっている。

よいしょ、よいしょと声をかけて自転車を押していたみんなと別れて、道は少しずつ坂になってきた。先生はまだあやをのせたまま、尻を後ろへつき出して自転車を押した。先生の額の汗が眉《まゆ》のところまで流れている。ご番所《ばんしょ》を過ぎると、道は石ごろの急な上り坂になる。先生はやっと、

「あやちゃん、降りるかい」

と言って自転車を立て、あやを横抱えにして自転車から降ろした。あやは後ろから自転車を押して坂をのぼった。あやの額にも汗が流れてきた。

里から一里あるという一里松まで来ると、先生は自転車を立てて、腰のベルトから手拭

いを取って、首から顔、毬栗頭の汗をごしごしと拭いた。

「なかなかとわいなあ。あやちゃんは毎日、ここを通《かよ》とるんか。えらいなあ」

と言いながら、詰《つ》め襟《えり》服の釦《ボタン》を一つ二つとはずしている。涼しい風がすうっと山から降りてきた。

峠の揺るぎ松を過ぎて下り坂になってからは、自転車にのった。先生は体を前後にこいでペダルを踏んだ。タイヤが石にのりあげるたびに、あやは荷台から振り落とされそうになる。あやは、尻に力を入れて、先生の服を両側からしっかりと掴《つか》んでいた。

家の近くまで来ると、誰かと話しているらしい祖母の笑い声が聞こえる。あやは先生より先に家へ駆けこんでいった。祖母は蒲団《ふとん》の上へ座って、すうちゃんの家の若ばあさんと話していた。あやが、

「先生が一緒に来た」

と言うと、

「ええっ、そりゃ、どうならや（どうしよう）」

と、祖母は座ったままで、慌《あわ》てて掛け蒲団をなおしている。なおしているうちに先生が

入ってきた。祖母は、土間に面して開け放した入口近くの部屋に寝床を敷いていた。先生は入るなり、

「やあ、あんばいはどんなですか。どんなふうかな思《おも》て、あやちゃんと一緒に来てみたんです」

と挨拶をしている。

「まあ、これは、これは。こんなとわい（遠い）とこへ、わざわざおいでてもろて、すまんですなもし。今朝方からだいぶようなってきましたけん、こやって蒲団の上へ起きとりますらい」

言いながら祖母は、寝まきの襟口《えりぐち》を両手で引き寄せ、蒲団の上に座ったままで、お辞儀をしている。

「まあ、こげな（こんな）きたないとこですが、おあがりになってつかあさい」

「いやいや、ここでええですけん」

先生は上がり框《がまち》に斜めに腰をかけて、

「あやちゃん、水持ってきて」

と言った。先生は山の水をコップ二杯、続けて飲んだ。

「一度来んならん思とったんですが、なかなか来れなくて。山道がとわいけん、子どもには、しんどいですなあ」

「さよですらい。一年生のときは、はじめ二か月ぐらいは毎日学校まで迎えに行きましたけん。一年生のときはおおかた泣いてばっかりで。このごろは、どんなふうでござんしょかなもし」

「やあ、あやちゃんは活発で、ほんとにええお子ですよ」

「おじんば（爺・婆）が育てよりますけん、どないにしたらええのか、さっぱりわからんもんで、困っとりますらい」

「いやいや、素直で何でもようでけるし、体も丈夫だし。何の心配もせんでええですよ」

先生は、まだ吹き出てくる汗を拭いている。

先生と祖母が話しているうちにも、すうちゃんとしげやんが遊びに誘おうと、戸口からのぞきにくる。そんな二人のほうばかりを気にしていたあやは、そのうちにそっと外へ抜け出す。三人は、はしゃぎながら段々畑を走りおりて川縁《かわべり》へ急ぐ。少しずつ熟しはじめた野苺《のいちご》が目当てである。あやは先生がいつ帰ったのか知らなかった。

「こんどのせんせ（先生）は、お若いのにええせんせじゃなあ。こげにとわいとこまでわざわざおいでてくれて。ほして、あやのことをがいに（大変）賞《ほ》めよいでたい。勉強もようでけるようになったお言いて」

「ほうかえ。こんどの秋には、せんせに松茸《まつたけ》狩りにおいでてもらおかのう」

と夕飯のとき祖父と祖母が話していた。食器を片づけたあとのちゃぶ台で、あやは宿題の綴り方を書きはじめる。


この前の日曜日に、あやは祖母と一緒に鶴吉《つるよし》のおばさんの家へ行って、一晩泊まった。おばさんの家の薄暗い座敷の長押《なげし》には、四、五本の槍《やり》がかけてあった。線香の匂いがこもっているその座敷で、あやは祖母と一つの蒲団に寝た。

「この家はなあ、昔、松山のお城のさむらいじゃったけん、今でもこげに仰山《ぎょうさん》、槍や刀があるんぞな」

祖母の話に蒲団から顔を出してみると、天照大神《あまてらすおおみかみ》と書いた掛《か》け軸《じく》が掛かっている床の間の刀掛けにも、大小の刀が掛けてあった。
手織り木綿《もめん》の厚い掛け蒲団は、ごわついていて体になじまない。体から離すように押しあげておいても、すぐに重くのしかかってくる。藍《あい》の匂いが混じったかび臭い蒲団の中で、祖母にしがみついて体を丸めていると、裏の畑の中を通り過ぎていく汽車の音が、地響きをたてて、枕元まで伝わってくる。駅に近くなったからか、急に汽笛が鳴った。

おばさんのうちにとまっていると
うらのはたけを　汽車がとおる
ゴットン　ガタン　ゴットン　ガタン
こんなにくらくて
みんなねているのに
夜汽車はどこまでいくのかなあ

でこまわし

節分の豆撒《ま》きも終わり、旧の正月が過ぎたころ、三番叟《さんばそう》のでこ（人形）廻しの男が二人、阿波《あわ》から伊予のこの山間《やまあい》にやってくる。でこを入れた大きな木箱を天秤《てんびん》で担《にな》ってきて、毎年、長《ちょう》おじの家に荷をおろして泊まっていく。二人とも、頭の毛は薄いがそんなに年寄りではないようだった。

その晩は、すうちゃんの家の九十歳のひいばあさんも、七十歳の若ばあさんも入れて、この大谷の総勢二十人余りが、長おじの家の広い蚕室《さんしつ》の板の間へ、めいめい、座蒲団《ざぶとん》を抱えて集まる。

木箱の蓋《ふた》の上に並べてあるでこは、どれも着物がうすっぺらになっていて、元の色がわからないくらいに色褪《あ》せていたが、お面だけは、大ランプの下でてかてかと光っていた。細長い白紙をひらつかせた榊《さかき》の枝を左右に振って、でこ廻しのおじさんが祝詞《のりと》をとなえている間、大人たちは目を閉じた神妙な顔で頭をさげている。子どもらは、そのほんの短い間が待ちきれなくて、おじさんの目を睨《にら》んでもぞもぞと動く。

お面の目玉が、ランプの炎のかげんで、時々、生きているようにぎょろっと目を剥《む》く。

あやは一番前に座っている祖母の体に自分の体を押しつけて、祖母の片手をぎゅっと握っていた。そのうちに、おじさんの一人が、くぐもった声で何か歌いながら、でこを廻しはじめた。

にこにこ顔のおいべっさん（えびす）が、烏帽子《えぼし》の先をふるわせて踊りながら、細い釣り竿《ざお》をしなわせて、床においてある厚紙の大きな赤い鯛《たい》を釣りあげる。みんな、ここでぱちぱちといっせいに手を叩く。鯛を小脇に抱えたおいべっさんは、もう一人のおじさんの歌と鼓《つづみ》に合わせて、みんなの前を何回も廻って舞う。

大きな耳がたれて、頬がふくらんでいる大黒《だいこく》さんは、ぶかぶかの赤い頭巾《ずきん》を冠《かぶ》っている。元は白い布だったにちがいない渋紙《しぶがみ》色のぺちゃんこの袋を肩に、小作りの米俵《こめだわら》の上に乗って、小槌《こづち》を振りながら跳ねて踊る。

いいちに俵　ふんまえてえ

にいで　にっこり笑《わろ》てえ
さあんで　酒のんでえ

と、おじさんが歌っている歌は、お亥《い》の子さんを搗《つ》くときに歌う歌と似ていた。二つ、三つと、でこを廻すと、おじさんたちはひと休みをしてお茶を飲む。

次は、左手に扇子《せんす》、右手に小鈴の束を持ったでこが、小鈴をジャラン、ジャランと鳴らして舞いはじめる。黒い長帽子の先がぴんと立っている。白と赤の、布をひきちぎったような長い袖《そで》が波形にうねってひるがえると、そのあおりでランプの炎が大きく揺らぐ。壁に映っているでこの黒い影が、そのたびにいびつに伸びて気味が悪い。

おじさんは、白目を剥《む》いたでこの首を、近くにいる子の顔の真ん前へ、急につきつけてくるから、子どもらは油断できない。

頬から顎へ、黒い毛がびっしりと生えているでこは、見るからに悪者のようで、目玉も口もほかのでこよりも、いかつくて大きい。

五つ、六つとでこを変えて、最後は、真っ黒いお面のでこが出る。焦《こげ》茶色の太い眉が上下にぎくぎくと動く。〝黒《くろ》き尉《じょう》どう〟といって、一番ありがたいでこなのだそうだ。頭をさげて待っている大人たちの後ろ首すじを、おじさんは、そのでこの頭《かしら》で撫《な》でていく。と、大人たちは、口々に何か言いながら両手を合わせて拝む。子どもらもそれを真似て、真顔になって手を合わす。祖母にならってあやも、

「のんのんさん、あん」

と拝む。

「ことしも、お米や麦が仰山《ぎょうさん》とれますように、病気やけがをしませんように言うて、拝むんぞな」

と、祖母がそっとあやに耳うちする。

長おじの家へひと晩泊まったでこ廻しのおじさんたちを、翌朝、弁当を持たせて峠越しの奥の村へ送り出すと、この山間にも春が近づいてくる。それでも、ほんとの春が来たと思っている時季に、急にひどい寒さが戻ってきて、時に大雪まで降ることがある。

薄い墨色《すみいろ》に変わってきた空が、昼すぎから低くさがってきて、夕方にはさらさらとした

雪になってきた。

「ここ四、五日、もう炬燵《こたつ》もいらんぐらいじゃ思とったのに。たまげたなあ、雪になってしもて」

「風もないし、このぶんじゃあ、今晩はだいぶ積もるかもしれんぞ」

祖父と話しながら、祖母は長火鉢《ながひばち》に赤々と炭火を盛りあげる。銅壷《どうこ》の湯がしゅん、しゅんと煮立って、寒いのに暖かいような晩になり、雪も降っているのかいないのか、わからない静けさである。

翌朝、雪はやんでいたが、祖父が言っていたように、大雪が積もっていた。川向かいの山の木の枝が二、三本雪の重みで折れたのか、新しい裂け目を見せている。川ぶちの藪《やぶ》の葉の上の雪が、ばさっと落ちて笹竹《ささだけ》がしばらく揺れる。

「きょうは、こりゃあ、あやをおんぼしていかにゃいかんのう」

「あやの長靴じゃあ、もぐってしまうけんなあ。ほれに、木がだいぶ倒れとって、道がふさがっとろぞい」

祖父と祖母が話している横で、あやは鞄《かばん》を肩にかけ、長靴をはく。

「さあああっ」

と言ってあがり框《がまち》へ腰をおろした祖父の背中へ、あやはとびついておぶさる。祖父が着ているどんざ（綿入れの仕事着）の藍《あい》が強く匂う。

道の雪は、祖父の長靴でももぐりこんでしまうくらい積もっていて、片足ずつが、なかなか抜けない。祖父は足先で山沿いの道をさぐりながらゆっくりと歩く。山の大きな木が何本も斜めに倒れて道をふさいでいる。祖父は、あやを抱えて倒木の向こう側へおろしておいてから、その木にまたがってとび越える。先を行く飼い犬のエスが、鼻の頭にくっついた雪をのけようとして首を振り、ぐすっと鼻を鳴らす。烏《からす》が一羽雪道へおりてきて、ちょっとよろけて、嘴《くちばし》で雪をはじいて何かを啄《ついば》んだ。里へ降りるにつれて、雪は少しずつ浅くなっていった。

その日、あやたちの組は、一時間目から雪合戦をした。雪合戦ができるほど雪が降ることは、冬でもめったにないから、みんな、無茶苦茶《むちゃくちゃ》な勢いで運動場へ飛び出していく。そして先生がまだ何も言わないうちに、もう雪を丸めて誰彼かまわずにぶっつけはじめる。

初めのうちは、左右の列が少し離れて投げ合っていたが、いつのまにかどんどんと近づいていって、しまいには、綿入れ羽織もでんちも脱ぎすてて、目も鼻も雪にまみれてもつれ合う。敵も味方も、誰が誰だかわからなくなって、むやみに雪をつかんでは投げる。前を気にしている隙に、背中へ雪の塊《かたまり》を押しこまれたり、そのお返しの硬い雪礫《つぶて》が鼻やおでこへ飛んでいったりする。雪まみれの手で雪を払うと、体中にまた雪がくっつく。新しい雪の上へ尻餅《しりもち》をつくと、ふわっと体が浮く。

雲のない青い空がひろがり、雪の白さが土手を越え、畑を越えて、はるか向こうまで続いている。

「あやちゃん、おいでえ」

長靴を脱いで、底にたまった雪水を出しているあやを、先生が手招きをして呼んでいる。

「ほれ、肩車してやろ」

と雪の上へしゃがんだ先生の肩へ、あやはひょいと乗ってまたがる。背の高い先生がにゅっと立ったとき、あやは少しぐらつく。ほかの子らが、

「わああい」

とはやしたてながら走ってきて、雪を投げてくる。先生は、

「ほおれ、鬼さんおいで、こっちへおいで」

と言いながら、長い脚で雪をぼこぼこと踏んで逃げる。あやは振り落とされないように、両手に力を入れて、先生のおでこを抱えている。

おかっぱ髪にくっついていた雪が解けて、後ろの襟首《えりくび》から背中へ流れていく。踏みしだかれた所だけが薄黄色くなっている雪が、それでも日を返してまぶしく光っている。休み時間を待ちかねていて雪合戦の続きをするから、授業中には、どの子の体からも汗臭い湯気が立っていた。


大雪のあとは、急に春めいてきた。時折、白装束《しろしょうぞく》に菅笠《すげがさ》のお遍路《へんろ》さんが五、六人連れだって、学校の横の土手を行くのが見られるようになる。ご詠歌《えいか》を歌いながら鳴らす鈴の音が、風にのって聞こえて来る。

祖母は十七、八歳のころ、村内の五十人くらいの連れと、四国八十八か所の札所《ふだしょ》を、六十日間かけて廻ってきたという。

「そのごろは、八十八か所を廻ってこんと、嫁に貰《もら》い手がなかったんぞな。八十八か所は、ちいとでも悪いことをしとったら、お大師さんが、途中からどうしても行けんようにおしる（なさる）んよ。お針友達のみよさんちゅう大金持ちの娘さんは、一緒に出かけたのに、三つ目の札所からどうしても足が立たんようになってなあ、泣く泣くひっ返したんぞな。みよさんはええ娘《こ》じゃったんじゃけんど、おとうさんが、それは欲の深い、ひどい人じゃったんじゃと」

八十八か所めぐりの話になると、口数の少ないいつもの祖母に似ずよく話す。

「どこの札所じゃったか、薊餅《あざみもち》のお接待《せったい》があってなあ。草餅か思《おも》て喜んで口に入れたら、薊が入っとってなあ。ほしたら、晩のお接待のおかずにもまた薊のおしたしが出てきて。薊はあんまりうまいもんじゃないぞな」

藁草履《わらぞうり》や煎《い》り豆、餅などが、行く先々の遍路道の小屋の中に、銭《ぜに》入れの箱と一緒に置いてある。お遍路さんはその箱へ何がしかの銭を入れて欲しいものを貰って旅を続ける。盗んだりする人はいなかったという。盗めばすぐにお大師さんのばちが当たるからだそうだ。

長い旅が終わって村境まで来ると、村の主《おも》だった人や家族が大勢出迎えに来ていて、「その顔を見たときの嬉しかったことちゅうたら、いまでも忘れられんけんなあ。涙が出て、涙が出て。なんぼ若《わこ》うても、六十日は辛《つら》かったけんなあ」

と祖母の話し振りは、昨日のことを話しているようである。

山も野も、動き出した緑の気配で、むせっぽくなってきた。あやは二年生の終わりの通信簿を貰って春休みになった。成績は操行《そうこう》が甲で、席次は四十八人中の四番で、優等生になっていた。

「ほう、あやが優等賞をもろたんかな。こりゃあ、たまげたなあ」

「一年のときは泣いてばっかりじゃったが、学校にもだいぶ慣れてきたんじゃろ。ほうびに何ぞ、ええもんを買《こ》うてやろかのう」

「ほうよなあ、何がよかろぞなあ。あしたは、ぼた餅でもこさえよわい。ぬくみに竹の子がもぐっとるかもしれんけん、初《はつ》もんで、おすしもこさえよかなあ」

言いながら祖母はもう立ちあがって、物置から笊《ざる》に小豆《あずき》をすくい出してきて、流しの水につけている。あやは、すうちゃんとしげやんを誘って、段々畑の下の原っぱへ、ほうしこ（つくし）を採りに走っていく。

うらら

昭和六年四月、あやが小学校三年生になったとき、二年生のときの受持ちだった矢野先生は、もう学校にいなかった。先生が生まれた海辺の町の学校へかわっていったのだ。

今度の受持ちは松田ミスヱ先生。駅のある隣村から自転車で通ってくる。一年生のときの受持ちのハナヨ先生の厚塗り化粧とくらべて、小鼻の横にある小さい黒子《ほくろ》が隠れないくらいの薄化粧で、肌が茹《ゆ》で卵の白身のようにつるつるとしている。

いつも裾《すそ》がふわっと舞いあがりそうな洋服を着ていて、波打っている髪が少し茶色っぽいから、少女雑誌に出ている外国の女の人のようにも見える。ほかの先生と話をしているとき、喉をすうっと伸ばして仰向《あおむ》き、気持ちよさそうに大きな声で笑う。

桜の花が散り、蟹《かに》の目ほどだった木の芽が葉の形になるころの日曜日に、あやは祖母と隣村の鶴吉《つるよし》のおばさんの家へ行った。その帰りの土手の下で、あやは両手に握れないほどのほうしこ（つくし）を採った。長い草の中に隠れて伸びている時季おくれのほうしこは、

透《す》きとおるような薄桃色で柔らかい。学校の横手まで帰ってきたとき、音楽室のほうから
ピアノの音が聞こえてきた。
「あっ、先生かもしれん」
「ほんなら、ほうしこ持っていておあげえな」
祖母が言い終わらないうちに、あやは駆けだしていた。やっぱり、松田先生がこちらに
背を向けてピアノを弾《ひ》いていた。
「ほう、ええほうしこじゃなあ。こんなに仰山《ぎょうさん》もろてもええの、ありがとう。きょうはど
こへ行ったん」
「へええ、鶴吉なら先生とことおんなじじゃがな。今度行ったときは、先生のうちへも遊
びにおいでな」
あやははにかんで何も言わずにぴょこんとお辞儀をして、急いで靴をつっかけて校庭を
走り抜けた。また、ピアノの音が鳴っていた。
先生には赤ちゃんがいた。先生の主人の妹の芳子《よしこ》さんが、毎日、おぶって学校へ乳を飲
ませに来る。名前は太郎だったから、みんなは「たあちゃん」と呼んだ。

休み時間になるのを待ちかねていたように、先生は教壇に腰をおろして、急いでたあちゃんを膝の上へ抱きとる。そして、気忙《きぜわ》しそうに、いくつもある服の釦《ボタン》をはずして乳首を含ませる。たあちゃんはすぐ、ぐっ、ぐっと喉を鳴らして飲みはじめる。搗《つ》きたての餅のような乳房を掴《つか》もうとするのか、たあちゃんの小さい手の指に力が入っている。先生は親指と人差指に乳房をはさんで、しぼり出すようにして飲ませる。みんな、校庭へは出ないで、先生のまわりを囲み、たあちゃんのほっぺたをつついたり、手を握ったり、着物の裾をひっぱったり、先生の背中へおぶさって、肩ごしにあやしたりする。

あやはいつも前へまわって、裾からはみ出している玩具《おもちゃ》のようなたあちゃんの足を、下からぽんぽんと跳ねあげてやる。と、たあちゃんはゴム人形のように、よけいにぴん、ぴんと跳ねる。時々、くすぐったそうに両足をこすり合わす。

みんなとすぐ仲良しになった芳子さんは、先生が乳を飲ませている間は、誰かを相手に廊下の端から端まで駆けっこをしたり、くすぐりっこをして、胸を押さえて苦しそうに笑い転げたりしている。後ろで束ねている大きな髷《まげ》がこわれると、芳子さんは着物の袖口《そでぐち》から太い両腕を肘《ひじ》まで出して、長い髪をしばりなおす。芳子さんはまだお嫁入り前だそうだ。

一年中のお茶にする山藤の新芽摘み、たらの若芽とり、山の蕗《ふき》とり、わらび狩りなどと、春になると祖母は山へ出かける日が多い。背中へやっとしょってくるほど採った、大風呂敷いっぱいのわらびは、おおかた、一斗樽《だる》へ塩漬けにする。わらびは灰汁《あく》につけておいてから料《りょう》る。茎の太い若いわらびは、煮つけると、握り拳《こぶし》のような先のほうが少し苦《にが》っぽく、舌にざらついてうまい。さっと湯をとおして、削り節をかけたおしたしは歯ごたえがあり、生のわらびのえごみが残っていて、いくらでも食べられる。

川の水が少しぬるんでくると、あやは学校から帰るとすぐ、祖母と近くの小川へ出かける。足首までつかっている水を蹴っていると、短い川藻がぬらぬらと足元にからみつく。小さい熊手で川底を二、三回ひっかくと、澄んでくる水底の砂の上に、小粒の蜆《しじみ》が五つ、六つと転がり出ている。たまに大きいのが見つかるとあやはすぐに祖母に見せにいく。時時、足に蛭《ひる》がくっつく。蛭は血を吸うというから、早く取りたいと焦っても、ぬるぬるとしていてつまみにくく、足からなかなかはがれない。

祖母は、両岸の水際にびっしりと生え揃《そろ》っている若い芹《せり》を、二握りくらい抜き取って、川の水で根のほうをざぶざぶとすすぐ。薄緑色のみずみずしい芹は、おしたしにしたり、肉鍋に入れる。少し薬臭くて、後口《あとくち》がさっぱりとしている。

蜆の時季には毎日蜆汁が続くことがある。少し飽《あ》いてきたあやに、

「蜆はからだにええんぞな。肝ぞうや、じんぞうにもええそうじゃけん、せえ出して、だいぶお食べな」

と、祖母はお代わりをすすめる。

あやは三年生になって、学校への片道四キロあまりの山道の行き帰りにも、やっと慣れてきた。それでも、狸《たぬき》の一家が住んでいる一里松や、大入道が出るという桜崖《さくらがけ》、月のない夜でも月影が水に映っている飲まずの谷などは、やっぱり恐ろしくて、そこへさしかかると、息をつめてうつむいたままで走るような早足で通り抜ける。けっして後ろは振り向かない。

三学期も半ばを過ぎたころ、先生は十人ほどを放課後に残して、学芸会の練習をはじめた。あやは主役で、五人がキューピーさん。あとの人は合唱。あやは、一年生のころは、教壇に立って歌わせられると、すぐ胸がつまってきて涙が溢れ、みんなの顔も見えなくな

り、あとはどうなったのか、覚えがなかった。三年生になってからは、相変わらず顔はかっかっとほてってくるけれど、みんなの前で大きな声をはりあげて歌えるようになっていた。

おいちにの　おいちにのキューピーさん
頭は禿《は》げても　えんりょはいらぬ
出ておいで　出ておいでキューピーさん

あやの歌に合わせて、五人のキューピーさんが踊りながら陰から舞台に出てくる。思いきり足を蹴上げて、頭を振り振り、精いっぱいの大声で歌いながら、あやは時々先生のほうを見る。先生はにこにこ顔で、うんうんと大きく頷《うなず》き、ピアノを弾いてくれる。
学芸会の日、あやは長袖の錦紗《きんしゃ》の着物に、緋色《ひいろ》の絹のしごきを腰に垂らして踊った。その着物は、黒地に白と朱のぼかしの小菊が、肩先から裾《すそ》へ散らしてあって、何となく大人っぽかった。控室《ひかえしつ》で、あやに着物を着せていた祖母は、

「菊の色が、はんなりしとって、ええ柄《がら》ですなあ」

と誰かに賞《ほ》められると、

「すぐ大《おお》けに（大人に）なりますけん、大けになっても着られるように思《おも》て、黒地にしたんぞなもし」

と相槌《あいづち》をうっている。

祖母は自慢の、具の多い太巻きずしや、かまぼこ、りん饅などを古い重箱に詰めた弁当を膝の前に置いて、見物席の前のほうに座っていた。あやは舞台に出ると、もう祖母のほうを見る余裕はなかった。

学芸会が終わると、三学期の終業式になる。あやの通信簿は操行《そうこう》が甲で優等生。席次は四十九人中の一番だった。

「ほう、あやちゃんは、だんだんようでけるようになるんじゃのう」

長《ちょう》おじの息子が通信簿を見ながら言うと、

「こんまい（小さい）ときは、毎日泣いてばっかりじゃったけんなあ。このごろは、お転《てん》婆《ば》になってしもて」

と祖母はあやを見て笑う。そして、

「ほんじゃあ、きょうは鯛《たい》が買《こ》うてあるけん、鯛飯でも炊こわい」

と腰をあげる。

峠を越えた奥の村まで、魚籠《かご》を天秤棒《てんびんぼう》で担《にな》って行商に行く音《おと》さんは、魚好きなあやの家へは毎朝寄っていく。朝早く港に入った船の魚を大急ぎで担ってくるから、どの魚もまだ、うねったり、跳ねたりしている。

祖母は俎《まないた》の上へ鯛をぎゅっと押しつけて、薄青めいた桜色の硬い鱗《うろこ》を、出刃庖丁《でばぼうちょう》でぴっぴっと逆さに剥《は》がしていく。のぞきこんでいるあやの頬へ、はねた鱗がはりつく。

鯛飯は、大釜へしこんだ米の中ほどへ、鯛を頭のほうから押しこむようにして埋めて炊く。しょう油の香りに混じった鯛の甘い匂いがふわあっと立ってくると、酒を振り入れる。炊きあがったころあいを見て蓋《ふた》をとり、ご飯の上に出ている鯛の尾びれを片手に持って、ご飯の中からそおっとひき出しながら、片手の箸《はし》で鯛の身を、ご飯の中へ丁寧にこそげ落とす。骨から離れた鯛の身とご飯を、釜の中でしゃもじで軽く混ぜ合わす。そのあとの少し蒸《む》らす間も待ちきれないような、うまい匂いがひろがる。

「昔、平《ひら》かんさんちゅう、欲の深い金持ちがおってなあ、魚を食べたことがなかったんじゃと。ほんで、みんなが、なんぼ平かんさんでも、鯛が落ちとったら拾うじゃろいうて、ためしに、家の前へ鯛を置いといたらなあ、平かんさんが出てきて『この米泥棒の穀《ごく》つぶしめがあ』いうて、その鯛を田《たあ》の中へ蹴飛ばしてしもたんじゃと」

祖母のそんな話は上《うわ》の空で、祖父とあやは鯛飯を食べている。

「骨があるかもしれんけん、ゆっくりお食べな。鯛の骨はかとうて、危ないけんな」

と祖母が気づかっても、祖父は、

「そげに心配せんでもええ。あやは、こんまいときから、仰山魚を食べてきたんじゃけん。骨を取るのはうまいもんじゃ」

ととり合わない。祖父が言うように、あやはどんな魚でも、小骨を手早く、じょうずに取って食べる。

「四年生になったら、誰せんせになるんじゃろなあ。また松田せんせじゃったら、ええのになあ」

「うん、あやも、松田せんせに、ようなついとるけんのう」

「せんせの家は、鶴吉のおばさんとこの、すぐ近くじゃいうけん、ついでの時に、いっぺん、あやと寄ってみよわい」

祖父と祖母の話を聞きながら、あやも、四年生になってからも、松田先生が受持ちだったらいいのにと思った。

先生の赤ちゃんの、たあちゃんは、もう大きくなったから、乳を飲ませに学校へ連れて来なくなった。足をもつれさせながら、少しずつ歩いているのかもしれない。

朝晩は、まだ気持ちよい冷やっこさが残っているが、木々の緑は、日一日とふくらんで、ふたたび山はうららの春を迎える。高坊主が出る桜崖《さくらがけ》の山桜が、まもなく、一番に花を咲かせるだろう。

あとがき

私が育ったところは、四国の伊予（愛媛県）の、高みからは、伊予平野につづく瀬戸内海が見える山懐で、桃源郷といえるようなところでした。四、五軒の家が寄り添い、山青く、水清らかに、風の音、緑の匂いに包まれて、人々は野山の生きものたちと親しくつき合い、よく働き、よく遊び、ゆったりとした時が流れていました。そのころの暮らしぶりは、時を経るにつれて、私のなかで、かけがえのない宝物になっていきました。

山懐での幼い日々を誌した私の拙い文を、平成六年十二月、㈱東京経済の御配慮により『伊予の風』として自費出版することができました。

それから十二年の月日を経た現在、㈱めるくまーるより、内容は『伊予の風』のままですが、タイトルや装いを新たにして出版して頂くことになりました。思いもかけないありがたさと同時に、恥ずかしさが綯《な》いまざった思いでおります。

めまぐるしく変化していく環境の中で、齢八十歳を過ぎた今、私の心延《ば》えは幼いころのままで、少しも変わっていないのではないかと思っています。

著　者

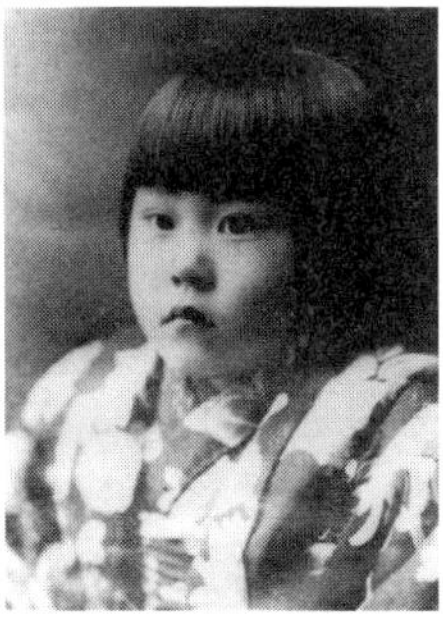
大正14年冬　著者３歳半のころ

著者紹介

大谷ます子（おおたに・ますこ）

大正11年、北九州の折尾に生まれ、
愛媛県伊予市の山懐で成長。
愛媛県女子師範学校（現、愛媛大学教育学部）卒業。
現在、静岡県在住。

うらら

2006年7月20日　初版第１刷発行

著　　者◎大谷ます子
発 行 者◎和田禎男
発 行 所◎株式会社めるくまーる
〒171-0022 東京都豊島区南池袋 1-9-10
TEL.03-3981-5525　FAX.03-3981-6816
振替 00110-0-172211
http://www.netlaputa.ne.jp/~merkmal/
装　　幀◎中山銀士
挿　　画◎斎藤昌子
組　　版◎ピー・レム 鈴木千香子
印刷製本◎モリモト印刷株式会社

ISBN4-8397-0126-1
乱丁・落丁本はお取替えいたします。